# 東京観光

中島京子



集英社文庫

# 目次

# 東京観光

# 植物園の鰐《わに》

タミコは植物園に行くことにした。

鰐《わに》に会えるという噂《うわさ》を頭から信じているわけではなかったが、万に一つもそのようなことがあるならばと、追い詰められた挙句《あげく》のことだった。

あまりにも切羽詰まっていたので、ほんとうに鰐に会えるのかなどと、誰《だれ》かに訊《き》く余裕すら持ち合わせていなかった。ただ、最寄りの地下鉄駅まで夢中で出かけて行き、行き当たりばったり人に道案内を頼んで、闇雲にたどり着こうとしただけだった。

「植物園に行くには、駅前から続く大通りを左に折れて桜並木をまっすぐ下がる」

そう教えてくれたのは背の低い老人で、いまにも駆け出そうとするタミコを引き留めるためにコートの裾《すそ》を引っ張りすらして、次のように続けた。

「坂下の通りにぶつかった段階で右に曲がる手もあるが、そうなるとどこで左に曲がればいいのかが少しわかりにくい。だからできれば、坂下を南北に走る通りも突っ切って狭い路地を進むほうがいい。すると植物園の周囲ぐるりにめぐらされた灰色のコンクリ塀に突き当たるから、右に折れて塀沿いを伝うように歩いていく」

「わかりました。それでは」

一礼して坂を下ろうとしたタミコはもう一度裾をつかまれた。

「いや、そう急《せ》いてはいけない。このときに、灰色の塀とそこここに置かれたプラスチック製のごみバケツばかり眺めていると、そのあまりのつまらなさに植物園にたどり着く前に絶望的な気分にとらわれるので、目線はできる限り斜め上に向ける。そうすれば、植物園の銀杏《いちょう》やら紅葉やら桜やら欅《けやき》やらの背の高い木が塀ごしに見えて、飽きることなく入り口にたどり着くことができる」

「やってみます。それでは」

今度こそ走る姿勢で身構えたタミコの前に、老人は回りこんで立ちはだかる。

「待て待て。入り口は左側にあり、やや上り坂になっているから、来た足で迷わず上ってしまいがちだが、植物園に入るには入園券が必要で、職員の座っている窓口で買おうとすると、顎《あご》をしゃくられて道の反対側の駄菓子屋で買って来いと言われるので、まずは窓口に急ぐ前に道の右側の駄菓子屋で古めかしい券を買う」

さすがにこれは知らない情報だったので、タミコは慌てて走り出さなくてよかったと一瞬思ったが、それも一瞬のことで、職員に訊けばわかることをいま訊く必要もないようにも思われた。

けれども彼女はもう走らなかった。話したいだけ話させない限り、老人から逃れる術《すべ》はないと思い始めていたからだった。

「なぜ券が駄菓子屋で売られているのか。なぜ職員はそれをもぎるためだけに窓口に座っているのか。理由はおそらくあるのだろうが詳しく訊《たず》ねてみたことがない。誰もが黙々と指示に従って、駄菓子屋で券を買う。駄菓子屋と東京大学の間に、なにかしら歴史的な密約が結ばれているのかもしれない。

「植物園は国立東京大学が所有している。ようやく手にした券を窓口でもぎってもらって、さて上に進むか左に進むかが、植物園を訪れる人々すべてが最初に抱える問題になる。もちろんあまり深く悩む問題でもない。その日の気分に応じて左の鬱蒼《うっそう》とした木立を抜けて日本庭園を目指すか、しばらくきれいに舗装された広い坂道を上ってゆっくりと左に折れる過程をたどるかを決めればいいのだが、往々にしてこれは気分というよりは季節と天気に左右される。暑いときは左、寒いときは上を目指す人が多い。四季を通してどちらがより好まれるかといえば、舗装道をたどる『上』が優勢だと思われる。なんとなくこちらのほうが明るくて順路のように見えるせいだろう。だから迷うようなら『上』を行けば間違いはない。

「しかし、見過ごしてならないのはむしろ、『精子発見の銀杏』であるに違いない。植物園には数々の名木が植わっているが、中でも入り口に誇らしげに聳《そび》える『精子発見の銀杏』こそは、この植物園をして植物園冥利に尽きる植物園たらしめている逸品である。つまり、明治二十九年に大学職員であった平瀬作五郎《ひらせさくごろう》が、まさにその木によって銀杏に精子が作られることを発見したからなのだが、植物園を訪れる人々にとっては、この木はむしろ『精霊発見の銀杏』として知られている」

老人が言葉を切ったので、ようやく解放されたと感じたタミコはもう一度頭を下げて並木の続く遊歩道を駆け下りようと思ったのだったが、老人が最後に口にした一言が気にかかって、その場で足踏みをしながらくるりと振り返った。

「発見されたのは『精子』ではなく『精霊』だと言われ、訪れる人々が『銀杏の精』と対話できる木として知られている」

老人は、左犬歯の脇《わき》の金歯をきらりと光らせた。

「どうやって対話するんです?」

「ゆけばわかる」

そんなふうに突き放すつもりなら、最初から引き留めないでくれればいいものをとタミコは考えた。坂を下り始めると追い風がコートの裾をはためかせた。

このごろの冬はひどくゆっくりやってくるものだから、さすがに桜並木は裸木《はだかぎ》だったが、坂を下りきった向こうの塀ごしに見える植物園の銀杏には、まだ黄色の葉が残っていた。

話をしたいのは鰐であって、銀杏の精ではないのだが、それでも老人の言葉は気になり続けた。

植物園の向かいの駄菓子屋で入園券を買い、門をくぐり、坂をまさに上ろうとするとそこには一本の銀杏の木が立っていて、「精子発見の銀杏」と、立て看板があった。

暖かそうなコートを着たお年寄りとその娘らしき中年女性が、銀杏に目を留めることもなく舗装された坂道を上っていく。やや前かがみに歩くから、重そうなコートの背が二つ丸まって、首が内側にめりこみ、どこか熊《くま》めいた二人連れでもあった。

タミコは銀杏の前で立ち止まり深呼吸をした。


銀杏の精に会うのは、思ったほど難しいことではなかったらしい。熊を思わせる親子連れがいなくなると、そこにはタミコだけが残されて、窓口の職員も人が来ないのをいいことに新聞か何かを読み始めたので、銀杏の木の前は静かに風の吹く音だけがするようになった。

すると、銀杏の精はいとも簡単に現れて、タミコの前に立った。

「なあんだ」

思わずタミコは声を出した。

「だけど、ここには誰もいないじゃないですか」

そう続けると、体中を黄色でペイントして頭に銀杏の葉の帽子をかぶった大道芸人は、

「仕方がないですよ。平日のこの時間は、人はほとんど来ないんですから」

と、答えた。

「銀座や渋谷みたいな、人通りの多いところに立てばいいじゃないですか。なんだってこんなところにいるんです？」

「そういう言い方はないでしょう。僕には僕のやり方がありますからね。それにこのごろじゃ、僕に会おうと思ってこの植物園に来る人もいますから、いないわけにもいかないんですよ」

タミコは老人の「訪れる人々が『銀杏の精』と対話できる」という言葉を反芻《はんすう》した。たしかに、彼に会うために訪れる人がいるなら、営利目的だけを理由に銀座へ出てしまうわけにはいかないのかもしれない。

鰐に会おうと気ばかり焦っていたタミコにも、妙な格好の大道芸人と話していると心持ち慰められる気分があって、人々が彼に会いに来るという噂もあながち嘘《うそ》ではないような気がしてきた。

「みんながあなたと対話するんだって聞きました」

「最初にここに来たのは、去年の銀杏祭りの日でしてね。毎年ここが無料で公開になっ

て、おでん屋さんなんかも出るんです。僕はいつもどおり足元に帽子を置いて、ここで一本の銀杏の木になっていたんですが、小さな女の子が話しかけてきたんです。

「その子は八歳かそこらで、弟をなくしたばかりだと言うんです。弟が病院に行ったきり帰って来なくて、お母さんが、天国に行ったよと言ったって、そういう話を延々とするんです。

「弟はよく、木や花や動物と話してたと、その女の子が言いました。自分には聞こえない声と話をしてたと。弟が死んで、木や花や動物に話しかけてみたけれど、誰も返事をくれなかったと。それで今日ここでやっと『木の精』に会えたから、弟のことを信じてやっていてよかった。明日も来ていいかって訊くんです。

「何度も言いますけど、八歳やそこらの女の子ですよ。そんなことを言われたら、ここにいるしかなくなるじゃないですか。銀座だ、渋谷だなんて、とんでもない。行けませんよ。それ以来、三日続けて女の子はやって来た。お母さんがいっしょに来てました。

「弟に会ったかって、女の子が訊くんです。どう言やあいいんですかね、そういうとき。会ったなんて、嘘もつけないですから、まだ会ってないけど、そのうち会うこともあるかもしれないって言ってみました。そしたら女の子がにっこりしてね。弟に会ったら渡して欲しいって、うさぎのしっぽみたいなもんがくっついたキーホルダーをくれたんです。なんだかちょっとうす汚れてて、舐《な》めたりなんかも、してるんじゃないかと思います。

「弟が欲しがったのに、あげなかったんだと言ってました。自分も好きだったからあげなかったんだけど、いまはあげたい。けど、弟がいない。ずっと困ってると言うもんですから、横にいたお母さんを見たら、すがるような目つきなんです。どうも、お母さんが、『木の精』のお兄さんにあげましょうとかなんとか、知恵をつけたらしい。

「それでもらったんですよ。わかった。会ったら渡すよって。安心して女の子は帰って行ったみたい。それから、植物園に行くと『銀杏の精』に会えるって噂になっちゃって。次から次へといろんな人が現れましてね。物を置いていこうとする人もけっこういるから、これは断ることにしました。そうじゃないと、処分に困りますからね。キーホルダーは持ってますよ、仕方がないから」

私は鰐に会いに来たのよ。

そう、タミコは言った。

鰐に？　銀杏の精は鸚鵡《おうむ》返しに問いかけて、

「それじゃあ、僕に会いに来たわけじゃや、ないんだ」

とくにがっかりしたようでもなく続けた。

「鰐がいるって、聞いたものだから」

「鰐ですか」

「ええ、鰐」

「聞いたことがあるような気がするね」

銀杏の精は、わざとらしく腕組みをした。二人の間を沈黙が支配すると、風が鳴り、こずえが揺れて、銀杏の木は黄金《こがね》色の葉を落とした。大道芸人はパントマイムの要領でゆっくりと肘《ひじ》を動かし、両手を木の枝のように配置したところで止まって動かなくなった。

植物園に客はいなくて、風の音がするばかりだったから、目の前の銀杏の精が動きを止めてしまうと、まるで一人でそこに立っているように感じられた。

銀杏の精は、自分に会いに来た人間以外には話しかける気がないのだろうか。タミコはしばらくその場に立ったなりになった。不思議と嫌な気持ちではなかった。たしかに銀杏の精の話を聞いていると気持ちが安定してきた。そして、鰐に会うことだけを考えてこの町までやって来た自分が、どこか滑稽なようにも思えてくるのだった。

「おかしいわよね。植物園に鰐なんてさ」

ひとりごとを口にして立ち去ろうとすると、目の前の銀杏の精は突然ゆらりとまた動き出した。

「いや、聞いたことがありますよ。いままで考えてたんです。考えるのと動くのを同時にはできない」

ひどくきっぱりした口調だった。

「奥に熱帯植物のための温室があるんです。そこに来ているとか来ていないとか。でも期間限定だったかもしれないし、僕はよく知りません。それよりも、坂を上って道なりに左に折れると、薬草園がありますから、そこにいる白衣の男の人に訊いてみては？」

「白衣の男の人？」

「ええ。薬草園の主《ぬし》みたいな人で、植物園のことならなんでもよく知っていますから、訊いてみるといいですよ。しかし鍔ね」

銀杏の精は少し黙り、どこか感慨深そうに溜《た》め息をついた。

「パリの植物園に毎日出かけてウーパールーパーを見る男の話を読んだことがありますよ。南米の作家で、長くフランスに住んでたって人の」

「ウーパールーパー？」

「ちょっと変わった話でね。最初は男がウーパールーパーを見てるんだが、しまいにゃウーパールーパーが男を見てるんです。つまり、男はなんというか、男自身は、男は、自分で、自分が、どう言ったらいいのか、ウーパールーパー……。あ、ちょっとすみません。人が来ましたんで、僕はこれで」

あわてて銀杏の精は居住まいを正し、例のパントマイムの作法で木のポーズをとった。

ウーパールーパーの話を聞かされてもどうもね、とタミコは思う。銀杏の精は勘違いしているのだ。

それも無理はない。鰐、と言っただけで、それ以上なにも説明しなかったから、それで銀杏の精はウーパールーパーがどうのこうのなんて話をしたに違いない。

坂道をゆっくり上っていくと、楕円形《だえんけい》の上階を持つ奇妙な建物に行き当たった。「植物研究棟」と書いてある。「植物研究棟」からは、白衣を着た男が一人出てきた。冬だというのに、この男はサンダルを履いていた。もちろん素足ではなく、白い靴下を穿《は》いていたけれども、それでもなんだか寒そうに見えた。

タミコはダウンのコートにブーツ姿だったのである。

「すみません」

タミコは男を呼び止めた。

「薬草園の方ですか？」

白衣の男はひるんだように足を止め、

「べつに僕は薬草園の者ではありませんね。うちの職員はみな、ひとしなみにうちの職員であって、バラ園、薬草園と、担当が分かれているわけではないんです。しかしあなたも不思議なことを訊きますね。薬草園の者かとお訊ねなんですね。そうしてみると、誰が薬草園の者だと言って、僕ほどそうである人間もいないかもしれない。いままで考えたこともなかったが、私が薬草園の芥川《あくたがわ》と申します」

と、ぶつぶつひとりごとのように語るのだった。

名前まで訊いたつもりはなかったが、薬草園の芥川と名乗ったからには、今後芥川さんと呼ぶのが正しいのだろうとタミコは考えた。

鰐に会いに来たのです。あるいは、鰐はどこですか。あるいは、鰐がいるというのはほんとうですか。

どの質問が適当だろうかと考えているタミコの脇を、芥川氏は早足で通り過ぎた。

「あ、待って」

後を追うそぶりを見せても、芥川氏は歩調をゆるめるでもなく、サンダルに妙な音をさせるのも厭《いと》わずに早くもその後ろ姿を小さくしてゆく。

「待って。芥川さん。私、あなたにお訊きしたいことが」

「薬草園といっても、僕の専門は漢方薬です」

歩みを止めもせずに振り返ると、芥川氏はタミコに向かってそう言った。

なるほど漢方薬が専門か。だとすれば鰐についてはなにも知らないのではないかとタミコは疑う。ハーブが専門でも現代薬学が専門でも、いずれにしろ植物方面に知識が偏っているらしいことは明らかで、そうであるならばタミコの疑念は、こと漢方薬にばかり向けられるべきものではなさそうだったが、なんとはなしに芥川氏の気迫に押されて黙っていると、白衣の裾をはためかせ、急ぎ足で薬草園に向かう芥川氏はこう続けた。

「漢方では、病気を治すのは三流の医者だと言われます。医者の仕事には養命、養性、治病と三種類あって、それぞれ上、中、下のランクに分かれているのです。いちばんいい医者は養命、すなわち、命を創《つく》る医者であります」

「命を創る？　死んだものを生き返らせるのですか？」

タミコは小走りに後を追いながら質問した。

「死んだものは生き返らない。それは医者の仕事ではありません。命を創るとは不老長寿のことです。年をとらず、長生きをする。できるだけ長く、健康体で生きる。それが命を創る意味であり、死なないのでも、生き返るのでもないのです」

タミコの脳裏には、いくつもの疑問が交錯し、ではなぜ、と募る言葉が喉《のど》まで出かかったが、なにしろ男はやたらと早足で歩いていくので、タミコは複雑な思いを口に出しもせず、ひたすら男について行った。

男は「薬草園」と書かれたシンプルな札を土に挿しただけの一角で、急に歩く速度をゆるめた。

「ご存じかもしれませんが、もともとここは『御薬園』ですから」

さすがに寒かったのか、白衣をかきあわせるようにして振り返るなり、芥川氏は話しかけてきた。

「おやくえん？」

「江戸時代に幕府の肝いりで作られたお薬の栽培場だったのです。ですから、あなたの言われたことはやはり正しい。僕であれ誰であれ、ここで働いている者は、薬草園の者と言って差し支《つか》えないわけです」

「またその話ですか。私は……」

「僕と岡田、少し後に入ってきた青木あたりがまあ、薬草園のコアメンバーと言えましょう。いや待て。青木はどうか。あいつはむしろ甘藷《かんしょ》の専門家だからなあ。ははは」

最後のほうはまるでひとりごとだった。

漢方薬も薩摩《さつま》芋《いも》も関係がないわ。まず鰐は漢方薬など飲まないのだし、芋すら食べるとは思えない。

「私は鰐に会いに来たのです」

タミコの苦しげな表情に気づいたのだろうか、芥川氏は神妙な顔をしてタミコの腕を取り、唐突に脈を取った。

「これは、よく、ない。人参養栄湯をお飲みなさい」

「にんじんよーえーとー？」

「待てよ。桂枝加竜骨牡蠣湯のほうがいいかな。相当お気疲れなさっているようです」

「けいしかりゅうこつぼれーとー？」

「体が弱っているときは休まなければいけません」

「私の体は弱っていません」

「それでは心が弱っているのでしょう。そしてそれはむろん同じことなのです。心だけ、体と別なはずがありませんからね」

「やはり、会えないとおっしゃるのですね？」

タミコの問いかけに気づかないのか無視しているのか、芥川氏はふいにしゃがみこみ、薬草園のカタクリの脇に生えた雑草を引き抜き始めた。

そのまま男は草をむしってむしって止まることもせずに、ひたすら腰を落として作業を続けた。ようするにこの人物は人と話す気がないのだろうとタミコは思い、銀杏の精は熱帯植物園に行けば会えると言ったのだから、この薬草園の主と話をするのは時間の無駄だと後ろを向いて走り出そうとすると、芥川氏はおもむろに口を開いた。

「牛の頭を持った神様なら、この薬草園にいるような気がしますけれどね」

「牛ではありません。私が会いたいのは鰐の……」

「牛ではありませんよ、頭は牛だがその他は人間の形をしているんです。神農《しんのう》と言ってね。ところがこの体も透明で、内臓が外からくっきり見えたそうですよ。百種類の植物を嘗《な》めて、漢方薬の基礎を創ったと言われていてね、毒を飲むと内臓が黒くなってわかるんだそうです。一日に七十もの毒を飲んだとも言われ、三百種類以上の植物を効能に応じて分類した漢の時代の薬学書は『神農本草経《ほんぞうきょう》』と、彼の名前がついているくらいです」

しゃがんだまま目を輝かせる芥川氏に挨拶《あいさつ》もせずに、タミコは手に持った案内図をにらみながら熱帯植物園を目指す。

牛でもないし、ウーパールーパーでもない。鰐の息遣いや手の動きすら、この身にはっきり覚えているのに、それを口にしようとすると思いはからまわりして胸に留《とど》まってしまう。誰かが一言でも否定的な答えを返そうものなら、いまこうして立っている自分の体が、ばらばらに砕けてしまいそうで、それが怖くて訊ねることもできない。

牛ではないし、ウーパールーパーではない。

鰐は。

暖冬のせいで植物園はいまだ秋めいた色合いをしていたけれど、すでに師走《しわす》の午後のことで風は冷たかったし、夕刻が近づくに連れて寒さが身にしみてもきた。

案内図を持って駆けずり回っているから、体温が上がってきてもいいはずなのにしんしんと冷え込んでくるのはなぜだろう。心だけ、体と別なはずがありませんからねと、芥川氏の言葉が耳に甦《よみがえ》る。

せめて熱帯植物園の場所を芥川氏に確かめるべきだったとタミコが自らを責めたのは、平日の植物園にはまるで人がいなくて、メタセコイヤの林の中をうろうろ彷徨《さまよ》っていると宇宙の片隅で一人ぼっちになったような気分に襲われたせいだった。

だから園内の細い遊歩道を遠くから、車椅子《くるまいす》を押して中年男が現れたときは正直ほっとした。

中年男は生成《きな》りの帽子をかぶり、同じような色のスポーツジャケットを羽織っていた。首からは高そうで重そうな一眼レフカメラが下がっていて、草臥《くたび》れたチノパンに履き込んだバスケットシューズという姿だった。車椅子に乗っているのも、まるで同じ服装をした、これは女性で、眠っているのか腕をだらりと脇に垂らし、帽子をかぶった頭もやや左に傾《かし》げたままうなだれている。

「ちょっと伺いますが、熱帯植物園はどこかわかりますか？」

タミコの声は裏返った。

「熱帯植物園に行って、鰐に会わなくてはならないんです。ねえ、鰐って言うから、驚くと思うけれど、ウーパールーパーだとか、牛の頭をした神様とか、そんなもののことを言おうとしているんじゃないんです。ウーパールーパーなんて、どうやったら思いつくんでしょうか。私、どうしても熱帯植物園に行かなくちゃならないんです。こちらへはよくいらっしゃるんでしょう？　ここに案内図があるんですけれど、いっしょに見てもらえますか？　地図が読めないんですよ、私。さっきからずっと歩き回ってるんですけど堂々巡りで。なんだかそういう本、あったでしょう？　地図が読めない女、靴下が見つからない男、でしたっけ？」

まくしたてるタミコを不思議そうに見上げて、中年男は何も言わずに案内図を手に取った。そしてしばらくあたりを眺め回していたが、迷うことなくまっすぐに右手を伸ばして、

「あっち。まっすぐ行けばツツジ園がありますから、いまは咲いていませんけれどもツツジの低い灌木《かんぼく》の間を行けばあります。よかったらごいっしょしましょうか」

ええ。と、タミコは答えた。こうなったら誰かにいっしょに来てもらったほうがいい。独りで探すのはもうこりごりだ。

メタセコイヤの林の先には、いくつもの細い道が坂を造っていて、そこが丘の上だということがわかる。もちろん、入り口から銀杏を左に見ながら上ってきた挙句にたどり着いたのがメタセコイヤの林なのだから、また下り坂が来てもおかしくはないが、下りてしまえば出口に近づくと思うと、タミコは下りたくないような、堂々巡りをしていたいような、不思議な気分にとりつかれた。

男が躊躇《ちゅうちょ》なく急坂《きゅうはん》を選ぶので、それにもタミコは驚いた。車椅子を押しているのだから、できれば舗装されたなだらかな道を行きたいはずなのに、平気で乱暴に押すから

椅子の上の女性は頭をぐらぐらさせ、とうとう体を半分に折るようにして倒れこんだ。

「危ない！」

駆け寄って助け起こすと、女の頭がぐらりと揺れたとたんに、帽子をかぶったまま首ごと抜けて転がって、あれよと見る間にツツジの灌木を縫ってはるか下方の池の傍《そば》まで落っこちていき、きれいに苔《こけ》の生えた石の脇でこつんと音をさせて止まった。頭は上を向いていたので、帽子が脱げて髪が乱れ、ぱっちりした大きな目が開いたままになっているのが見て取れた。

タミコは言葉を失った。そして中年男の顔を見上げた。

男は渋面を作っていた。しばらく池の脇に転がる頭をじっと眺めていたが、飽きたのかなんなのか、ちっと舌打ちをしてタミコに目を移した。

「だーかーらー、言わんこっちゃない」

そう男は言うのだが、それまでとくになにも言っていなかったので、何が「だから」なのか、何が「言わんこっちゃない」なのか、タミコにはまるでわからなかった。

「いつだってこうだ。だいじなときになるとね。私を裏切るんですよ。意表をつく裏切り方をする。尋常ではない復讐《ふくしゅう》をする。なんだって首が抜けますかね。それもあなたみたいな人が見ているときに。そこが嫌なんだ。そこが困るんだ。いつだってひどい目に遭わされるのはこっちなんだ。いいかげんにしてもらいたいですよ」

八つ当たりめいた態度で男はまくしたてた。

タミコは、いまでは人形とわかっている女の、首のとれた体を起こして車椅子にしっかり座らせ、男を残して先に坂を駆け下りて、首を拾いに行った。土の上を転がったために、顔には泥がついていて、人形特有の薄ら笑いを浮かべているのがひどく痛ましく見えて、抱えあげて髪を撫《な》でつけていたら、タミコの両目から涙が出てきた。

「あなたが泣くこたあ、ない」

後から車椅子を押して追いかけてきた中年男が言った。

しかし男は何もわかっていなかった。

タミコは鰐のことを考えていたのだ。

鰐と暮らしていた五年の間、タミコと鰐は何度もくだらない諍《いさか》いをした。いつだって君は僕を裏切るんだ、だいじなときになるとね。と、鰐は言ったものだ。

どうして君はそんなふうに僕をひどい目に遭わせて平気なんだろう。

「妻が死んだのは医療過誤ですよ」

中年男は言った。

鰐が死んだのは医療過誤ではなかった。

「執刀医は高峰《たかみね》という男です。私は後から知ったんだ。その男と妻が通じていたのをね。こうなるとほんとうに医療過誤なのかどうかさえ、疑わしいじゃないですか。あの男が妻を殺したんじゃないのかと、疑いたくなるじゃないですか」

　鰐を裏切りたくはなかった。ただ五年があまりに長かったから、タミコは何度か他の男と関係を持った。それが知れるたびに鰐は荒れて大暴れして、しまいには涙さえ流した。その剣幕に呑《の》まれてタミコは鰐のもとへ戻った。

「妻が高峰に出会ったのは、この植物園だったそうです。だからねえ、お嬢さん。私はあの日以来ここに妻を連れて来るんです。だいいち、高峰に会った日だって、私らはいっしょに来たんです。そこをね。妻はね。どうやると浮気なんてものができるかね。知りたいものですよ。だけど裁判やらなにやらやったって、長くかかるし辛《つら》いだけでしょう。だから訴えたりしませんでした。我が家の恥を世間へ知らせることになるのも嫌だしね。けれど、私の気持ちはどこへも、行き場がありません。だからついこうして来てしまうのに、いつだって意表をつく裏切り方をする。今日だってそうじゃありませんか。首がもげたりして。なんのためですか。私は悲しい。そして悔しいです」

　男はそう言いながらも、慣れた手つきで人形の首の穴に頭を据えた。

　なんのためにこんなことをと、鰐は何度もタミコをなじった。なじられていないと不安なのだと、タミコが答えたことはない。

　いまとなってはもうわからなくなってしまった。裏切っていたのはタミコだったのか、鰐だったのか。訊いてみようにも、もう鰐がいない。

あの日、タミコが他の男と会ったのを知った後で、鰐は事故に遭ったのだ。地べたに仰向《あおむ》けに寝かされた死体は、タミコが駆けつけたとき目がまだ開いていた。諍いも仲直りもなんにもなしに、鰐は突然逝《い》ってしまった。

「でもう、よそうと思います。首がとれたんじゃ、しようがない。私はもう来ません。熱帯植物園はすぐそこです。たしかに鰐が来ていると、案内が出ていました」

中年男は、妻、と呼んでいる人形の頭に帽子をしっかりかぶらせると、左手の人差し指をまっすぐに、透明のビニールに包まれた建物に向けた。

——鰐の展示あります。

ビニールには無造作に、そう貼《は》り紙があった。

温室に入ると、肌に大気が粘るような感触があり、バナナやパイナップルの実をつけた南国の木がタミコに覆いかぶさって香気を放った。

中央に大理石で造られた丸い池があり、悠然と横たわる白い鰐をタミコは見出《みいだ》した。

それはたしかに一匹の鰐だった。

すなわち、タミコの探していた鰐ではなかったのである。

けれどもタミコは鰐の傍に寄らずにはいられなかった。

近づいてよく見ると、白い鰐はつぶらな瞳《ひとみ》に涙を浮かべていた。タミコはそこから動かなかった。

「鰐の涙」は見せかけだけで、ほんとは悲しくなんかない、ただの嘘っぱちなんだと教えてくれたのは、仲間うちで鰐と呼ばれた男だった。

# シンガポールでタクシーを拾うのは難しい

慣れている人にはなんでもないことかもしれないけれども、初めてその街を訪れた外国人にとっては至難の業だ。

車のてっぺんにはグリーンや赤でサインが表示されていて、それが雨の中だったりすると、なにを書いてあるのかも読みにくい。訪れたのは二月の末だったから、その街はまだ雨季にあって、夕刻が近づくと容赦なく雨が降ってきてそこらじゅうをばしゃばしゃ濡《ぬ》らしていた。そんなことは出発前に予測できたと言われれば仕方がないものの、カナコも夫のシュウジも、雨具を持ってこなかった。

ともかく、シンガポールでタクシーを拾うのは難しい。

だいいちに日本では空車が赤だけれども、シンガポールではどうも違うらしい。赤いのにばかり目をつけて手を振っていたら、目もくれずに通り過ぎていくので、だんだんと赤で表示された〈ON　CALL〉が「電話で呼ばれていく途中」という意味だと、夫婦にも、おぼろげながらわかるようになってきた。平気な顔をして客を乗せて通り過ぎていく赤サインのタクシーを見つけるに及んで、赤いのは軒なみだめなのだとわかるまでに時間がかかり、グリーンに向かって手を挙げてみても、厳しい顔で首を振られる。中心街では所定のタクシー乗り場以外での乗車が認められていない、東京でいえば銀座のど真ん中のような規制があるのだということに、もちろん、この時点の二人は気づいていなかった。

どちらともなく歩き始めれば、雨が激しくなってくる。どうやらこうやらたどり着いたMRTの駅で郊外へ走る地下鉄に乗り、宿泊先のホテルに近い駅で降りて階段を上がって表へ出ると、タクシー乗り場には人の列ができていた。雨はまだばさばさと降りしきっていたが、待ってたら朝になっちゃうじゃないのよ、と毒づいてカナコは近くのセブン－イレブンのドアを乱暴に開けた。傘かレインコートか、少なくともタオルが必要だったからだ。シュウジは後ろからのたのたとついてきた。

安手のタオルを見つけてレジに並び、傘はないかとカナコが店員に訊《たず》ねると、ロコガールらしいおっとりした女の子が、ないないと首を振る。レインコートはあるかと、手振り身振りで伝えれば、奥からおっさんが手招きをした。ついていくと、まだ店に並べていない品を置いた棚から箱を引っ張り出して、中にあったビニールコートを両手に持って振ってみせる。あんたは大人だからこっちだねと、白いコートを差し出す。

「ねえ」

カナコは後ろで物も言わずに立っているシュウジに声をかける。

「これ買う?」

「買えば」

「買えばって、あなたによ」

「誰《だれ》?　ボクに?　いらないよ」

シュウジは不機嫌に手をひらひら振る。

「だって、濡れるじゃない」

「止《や》むよ。すぐ」

「また降るわよ」

シュウジが梃《てこ》でも動かない様子を見せるので、カナコは自分用に買うべきかどうか迷い、丈は長すぎるし横幅もありすぎて、こんなものを着て歩いたらお化けの真似《まね》をするシーツをかぶった小学生みたいになりかねないと思い、そっちを見せてよと、黄色のほうを指さしてみる。おっさんは少し困った顔をして、子供用だからなあというようなことを英語で言ってから、無造作に袋を開けて試着をすすめた。

店の奥の鏡に、まっ黄色の子供用レインコートを着た自分の姿が映った。

「ねえ、どう、これ」

カナコは夫を呼んだが、迷惑そうな表情のシュウジは、笑うでもなく、

「なんだか、ぱんぱんに張りつめたイカめしをカレーで煮たみたいな感じだね」

とコメントした。

この度の旅行に際して、溜《た》めに溜めてきた不満が一気に爆発しかけたが、ともかく、どうせこの二日、スコールを避けるためだけなんだからと、カナコはタオルと一緒に、自らを「イカめしのカレー煮」に見せるその子供用レインコートを買った。一度包装を開けてしまったらもとに戻せなかったらしく、おっさんはスーパーのレジ袋のように頼りない感触のレインコートを、愛想笑いしながらぐしゃぐしゃに丸めてカナコに手渡し、なにを思ったか、バナナを一本くれて、持っていけと言う。サンキューと答えて外に出ると、あいかわらずタクシーを待つ列は長かったが、スコールは嘘《うそ》のように止んでいた。

カナコはシュウジがなにも言わないでくれればいいと願ったが、渾身《こんしん》の祈りもむなしく、案の定彼は、

「止むに決まってんだよ、こういうのは」

と言った。カナコは瞬時に、自分が夫の首を絞めているところを想像した。

こういうときのこうした発言は、どんなに抑えたトーンで呟《つぶや》かれようと、「鬼の首でも取ったように」聞こえる。人間として、ほんの少しの繊細さを持ち合わせていればそういうことは口に出さないものだろう、とカナコは思うのであるが、こういうときにこういうことを言わずにいられないのが彼女の夫であって、そうでなければいま現在、二

人はこんな険悪な状態にはなっていないのだった。

「明日も降るに決まってるから」

カナコは仕返しに同じ言葉遣いで切り返し、ハンドバッグにコートとバナナを入れて、買ったばかりのタオルで濡れた髪や服を拭《ふ》こうと思ったのだが、隣でシュウジがすでにそのタオルで頭からズボンの裾《すそ》まで拭いているのを見て、打ちのめされる。しかも、無言で手渡されたそれはすっかり濡れていて、新たにカナコのほうの水分を吸い取る余地は失われているのだった。

妻の刺すような視線にたじろいだ夫は、タオルを奪い返して絞り始めたが、悲しくも水がしたたり落ちるのを見てカナコは頭がくらくらし、憤然とコンビニに戻ってもう一枚買い求めた。頭を拭きながら店から出てくる妻を見た夫は小さな声で、

「先に拭きたいなら言えよ」

と、誰にともなくぼそぼそ言った。

評価サイトにアップされていた口コミ情報には、いちばん近い駅からでも十五分は歩くと書いてあった。夫婦の泊まるホテルのことだ。しかし、街の中心地でタクシーを拾えば、安いし安全なので、ロケーションの悪さは気にならないと書いている人もいた。ところが拾えないのよ、街の中心地でタクシーが！　カナコは心の中で悪態をつく。どのみち、ロケーションが悪いことは確かだったし、雨も止んだいま、歩く以外に選択肢

はない気がした。

　濡れた地面から生温かい空気が立ち上る中、カナコは地図を睨《にら》みながら歩き出した。二人は口も利かなかった。そしてカナコは、なぜこんな羽目になったかばかり考えてしまうのだった。

　結婚五周年のお祝い旅行は、半年前に決定され、費用も払ってしまっていた。二泊三日でおひとりさま三万三千円という値段は、いくら昨今の円高を考えても激安としか言いようがなかった。しかし、激安には必ずそれ相当の理由があるのであって、東京を昼前に発《た》って夕刻近くのシンガポールに着き、三日目の早朝にチャンギ国際空港を飛び立つ旅程では、正味一日と数時間しか楽しめる時間はないのだった。そして、安手のプランにありがちなように、ホテルは郊外だった。さらに、「ホテルでの朝・夕食つき」という、あまり見たことのないプランでもあった。朝食はあっても、夕食までホテル内というのは、海外旅行では珍しい。

　そしてカナコは、「パック料金は格安航空券と引き比べてすら安い上に、宿泊までついているのだから、プランに入っている夕食を食べずに、有名なレストランにでも出かけたとしたって、全体としてこんなに安上がりなことはない」と思うタイプであったが、夫のシュウジは、「パック料金に夕食まで含まれているなら、その夕食を食べない手はない」と思うタイプの人間であった。どちらがどうということは、客観的にはないはず

なのだが、ほとんどなにも見られなかった一日目の夜、

「さあ、ホテルに帰って飯を食おう」

と夫が言ったときには、カナコは気を失いそうになった。

正味一日ちょっとしかない旅程の、「ちょっと」の部分がすでに終わろうとしているにもかかわらず、そしてホテルから市の中心までは距離があるわけで、帰ってしまったらもうその夜は部屋で過ごす以外することもなくなるにもかかわらず、シンガポール初日のナイトアクティビティをすべて諦《あきら》めて、激安ツアーについているホテルの夕食を食べるためにだけ帰ろうと夫が言うのが許せなかったのである。

けれども、ひょっとしたらホテルの夕食はおいしいのかもしれないし、まるで試してみないのも損かと思い直して、夫の判断に従い、帰ろうと決めた途端に雨が降ってきたのだった。

「近くでレストランに入って、雨が上がるのを待つのはどう？」

カナコが提案すると、夫は青天の霹靂《へきれき》に打たれた表情で、

「え？　じゃあ、なんなの？　飯を二度食うつもり？」

と、予想外のリアクションを返してきた。

五年も一緒にいるのだから、この人はこういう人だと知っているはずなのに、ここ一、二年は夫婦で旅行らしい旅行もしていなかったから、勘が鈍ってこんなに打ちのめされ

るのかしら、とカナコは心の中で自問した。それにしても途轍《とてつ》もなく変なリアクションだわよと思うと、あまりに腹が立ちすぎて混乱の末におとなしくなったカナコを見て、妻が夫に理のあることに気づいたのだとばかりに、赤いサインのタクシーに向かって、夫は果敢に手を挙げ始めた。カナコはもはやかける言葉もなかった。

こうして、この旅行に関する数々の苛立《いらだ》ちを反芻《はんすう》しながら歩いていると、いつのまにか駅周辺の喧騒《けんそう》を離れ、モクレンによく似ている巨大な木があちこちに生えている界隈《かいわい》に差し掛かっていた。街灯もそこそこあり、建物もないではなかったが、なにしろ道幅が広くて植えられた木々も背が高い。このあたりで住居といえば高層マンションなのか、見渡す限り大きなものばかりなのが、カナコのちょこまかした一歩一歩をなにやら必要以上に小さく感じさせた。地図を見れば単純な道に見えるのにどうも不安で、夫の制止を振り切っては、カナコは人に出会う度に道順を訊ねるのだが、金色に髪を染めた少年も、厚化粧のおばさんも、二人が二人して、バスに乗れとアドバイスしてくれたのは、かえって心細さを煽《あお》った。バスに乗らなければならないほど遠いかと思うと動揺するものの、知らないところでバスなんかに乗ってしまったら、どこに連れて行かれるかわからないではないか、というのが、カナコの正直な心境で、サンキューと頭を下げては、バス停を無視して歩き続けた。

三度目に声をかけた相手は男性で、年齢は三十代の前半くらい、傘もレインコートも持っておらず、チノパンに紺のジャケットを羽織り、横断歩道をこちらに向かって近づいてくる。

「すみません、このホテルに行きたいんですが」

カナコが地図を広げると、男はささっと目を左右に泳がせなにかを確認してから、少し眉根《まゆね》を寄せるようにして地図を受け取り、街灯の下に移動した。

「ああ、ここなら少し行って左に曲がったところにありますよ」

そう答えると男は続けて、

「じつは僕もここに帰るところなんです」

と英語で言った。

「同じ場所に？」

「そのようですね」

「あらそれはよかった。道連れがいると心強いです」

カナコはまるで夫がいないかのように、にっこり笑った。男のほうは、それでもカナコの連れに目を留めて、愛想よく挨拶《あいさつ》をした。

海外旅行に行くと、たいていしゃべっているのはカナコで、夫のシュウジは黙っている。そのくせ、二人きりになってから、カナコの英語の間違いを指摘したりするので喧《けん》喋《か》になる。たしかそのようなことが、初々しい新婚旅行で起こったのだったが、その後二人で外国に行かなかったため、すっかり忘れ去っていた。そして今回の旅行でも、通訳役はカナコであり、カナコが英語をしゃべっている限り、夫はその場では透明人間のようにおとなしかった。

カナコはそれをよいことに、この突然の道連れと楽しげに会話を続けた。

「シンガポールの方ですか？」

「いいえ。フィリピンから来ました」

「わたしたちは日本から来ました」

「観光で？」

「ええ。そちらは？」

「仕事です。お菓子のメーカーの宣伝部に勤めているんですが、こちらで展示会があるので出張で来ているんです。丸二日展示会にとられて、フリーなのは明日だけ。明後日《あさって》には帰国するんです」

「シンガポールは初めてですか」

「二度目です」

「わたしは初めてです。今日の夕方にこちらに着いて、マーライオンを見に行ったらこんな目に。旅程が短いので、とにかくマーライオンだけでも早く見なくちゃって、急いで行ったんですよ。マーライオンは見ました？」

「見ていません。三年前にも見ていません。マーライオンはいかがでしたか」

「それが見られなかったんです。ね？（と、あんまり無視するのもなんなので、カナコはシュウジを振り返ったが、シュウジはもちろん聞いていなかった）。工事中で覆いがかかっているものですから。近くにあった小さなマーライオンの前で写真を撮りました。でも、大きくて、海に向かって水を吐いている有名なものは見られませんでした。その帰りがこの雨です」

「それはひどい目に遭いましたね」

「そうですよ。さんざんですよ。それにタクシーが拾えないんです」

「ほんとうに、タクシーは拾えませんね」

シンガポールでタクシーを拾うのは難しい！

結論が一致したところで、カナコはあっと声を上げた。左前方に、目指すホテルの頭が見えたからだ。

「あれですよね」

「あれです」

「わたしたちは間違えていませんでした」

カナコはもう一度、「ね？」と夫を振り返ったが、最初から会話に参加していない夫は無表情で、なぜだかいつのまにかバナナの皮を剝《む》いて食べていた。自分のハンドバッグからかすめ取ったかと思うと、カナコはますます腹が立った。三人は、道なりにぐっと左に折れてホテルを目指した。

　ところが困ったことに、左折した坂道を下って行くごとに、前方に見えていたホテルが徐々に姿を低くし、やがて背の高い木々と周りの建物に呑《の》まれて消えた。

「あれ。おかしい」

「見えなくなりましたね」

「高い建物は近づくと見えなくなるのでは」

「いやそれにしてもおかしい」

「あっ。見えました」

「遠くなりましたね」

「遠くなったような気がします」

「もしかしたらこの道で曲がったのは間違いだったのでは」

「もう一度地図を見ましょうか」

　カナコが提案すると、男はちょっと嫌そうな顔をして、きょろきょろあたりを見回した。

「どうかしたのですか」

「いえ、どうも。ただこう、大通りで地図を大きく広げるというのはどうも、かっこよさからはほど遠いので」

クールネス、と、男は英語で言った。

もちろん通りには三人のほかに誰もいなかったし、クールネスだかなんだかを気にしている余裕はないとカナコは思った。

「誰も見ていませんよ」

男はうなずいて、街灯の下で地図を広げた。ちっ。男は舌打ちをした。

「この道路は高架になっていますね。下にもう一本道がある。そっちを左に曲がらないと、ホテルのあるところに出ないようです」

「戻るんですね」

「ほかに方法がありませんからね」

男は不愉快そうに地図を閉じてカナコに渡し、もと来た道を戻る。

「なんだよう」

シュウジは後ろからイライラした声を上げた。当然のことながら、妻が自分以外の男に道案内されているようなのは不満に違いなかったが、カナコはもうすでに、夫の自尊心を気遣うやさしさを失っていたので、説明もせずに男に続いた。三人は道を間違えた起点までとって返し、広い道を渡ってから、もう一本の左折路を折れた。

「こんなとき弟なら」

と、唐突に男が言った。

「弟さんなら？」

「歌でも歌うんですが」

「歌？」

「弟は歌手なんです」

「まあ偶然、わたしの弟も歌手です」

カナコは弟のミツハルを思い浮かべた。ミツハルは公園や駅前で歌っていたが、ＣＤも出していないし、人気もなかった。プロとは言い難いかもしれないけれども、とにかくミュージシャンと名乗ってはいた。

「弟はオペラ歌手なんです」

フィリピン男は言った。

「うちの弟は、そうですね、ただの、なんというか」

「Ｊポップ？」

「あ、そう。Ｊポップ。あの、オペラ歌手の弟さんって、家でも練習するんですか？」

「そう。大きな声で。オテロがデズデモーナのために泣いたり、リンドーロがロジーナを口説いたりしているんです。歩いているときは、もっと軽めの、楽しいものになります。弟はテナーなんです」

「高いほうの声ですね」

「高いほうです」

「楽しいのって、どんなのですか」

「そうですね、たとえば、リゴレットで歌われるカンツォーネとか」

「どんな感じなんですか？　わたし、知ってるかしら」

「すごく有名な曲ですよ」

「ちょっとやってみて」

「歌手は弟ですよ」

「でもちょっとだけ」

「だめだめだめ、それは困る。音痴なんだから」

カナコはちょっと気持ちが明るくなり、声を上げて笑った。そんな話をしているうちに三人はようやくホテルにたどり着いた。

ご一緒できて楽しかったです、というような挨拶を二人は交わし、それぐらいの英語がわからないわけはないと言いたげに、夫のシュウジも、

「ミー・トゥー」

と言った。

「おもしろい人だったね。弟さん、オペラ歌手なんだって」

夕食の席でカナコは、意外においしいわねと、シンガポール・チキンライスをつつきながら夫に話しかけたが、シュウジはそれには答えず、

「明日の待ち合わせだけどさ」

と、口をもごもごさせた。

「待ち合わせ？」

「ほら、シンガポール支店の原田さんね、日本を発つ前にメールしたら会おうって。明日の昼に行くことになった」

「なんの話？」

「だから、支店の原田さん、去年まで同じ部署だった原田さんだよ。こっち来るときは連絡してって言われてたから」

「なんで？」

「なんでって、単に、懐かしいからじゃないの？」

「じゃなくて、なんで会うことにしたの？　正味一日しかない旅程で来てるのに、どうして会社の人に会うの？」

「え？　仕事じゃないよ、もちろん」

「仕事でもないのに、なんで会うの？」

「え？　原田さんだよ。奥さんのユキエさんも一緒だよ。ハルカちゃん、二歳になったんだって。仲良くしてたじゃない」

「そりゃ、してたけど」

「だから、明日、みんなで飯食おうってさ。原田さんちは、ちょっと郊外なんだけど、広いらしい。行って飯食って、ゆっくりして帰って、ちょうどいいくらいじゃないの？」

「なにがちょうどいいの？」

「ここでの、飯の時間に」

「明日もここで食べる気？」

「え？　だって、夕食つきだよね？」

カナコは憤然として、ナプキンをテーブルに投げた。

「頭来た」

「どうしたの」

「わたしたち、ここになにしに来たわけ？」

「え？」

「ここで飯食って、原田さんちで飯食って、ここで飯食って、それで帰るってこと？　シンガポールだよ、ここは。マーライオンだって見られなかったんだよ」

「しょうがないじゃないか、工事中だったんだから」

シュウジは辛いスープに入ったシンガポール・ヌードルのラクサを、するするとすすり上げ、ついでに洟《はな》もすすった。

「ユキエさんなら、会おうって言わないと思う」

「なんだ、そういうこと？　仲良さそうにしてたのに」

「どういうことだと思ってんの？　わたしとユキエさんは仲いいわよ。仲いいから、会おうなんて言うわけないのよ」

「いやならいいよ。断ればいいんだろ」

「いいわよ、断らなくて。一人で行って」

「え？」

「行って。原田さんと会ってきて。わたしは一人でシンガポール観光するから。そういうこともあってもいいんじゃない？　日本じゃいつも一緒にいるんだから、旅先では自由行動にしましょうよ」

「なんで、そういうことを言うかなあ」

「いいじゃない。お互い、好きなことをするの。この話はもう終わり」

カナコは再びナプキンを取り上げ、口元を拭いて席を立った。夫は妻の癇癪《かんしゃく》を理路整然と責めていたが、そのやり方がますます怒りを誘発するのであって、妻は返事をしなかった。二人はエレベーターに乗り、七階で降りて部屋に向かった。

険悪なまま、交互にシャワーを浴び、クイーンサイズベッドの端と端に固まるようにして寝た。戸外と違って建物の中は、空調の利きすぎでやたら寒くもあった。

次の日二人は、お互いの感心できない態度が記念すべき旅行をぶち壊していることに気づいていたが、修復する機会を見失ったまま、気まずい午前中を過ごした。

シュウジは原田邸での昼食をキャンセルすると何度かほのめかしたのだが、ほのめかしの度にどこかカチンとくるような要素をつけ加える夫に対して、カナコはどんどん依《い》怙地《こじ》になっていった。そして、小さな不満を溜めながら一緒に過ごすよりも、数時間別れて過ごしたほうが気持ちの切り替えができるのではないかという思いが歩み寄ろうという思いを大幅に上回っていき、二人は「夕方ホテルで」と待ち合わせを決めて別れた。

こうしてみるとほんとに、とカナコは一人MRTに乗りつつ考える。

あの人と一緒にいないほうがどれだけラクか。

この命題は、突き詰めれば突き詰めるほどに、「あの人と一緒にいるのがどんなに苦痛か」に変わっていき、結婚以来の数々の喧嘩と齟齬《そご》を思い出させ、MRTを降りて地図を頼りに歩き始めるころには、「本気で別れようかな」という考えに変わっていた。

しかしそれも、ラッフルズホテルのギフトショップにたどり着いたころには、あまり意識に上らなくなり、観光旅行の気持ちの高ぶりがようやく戻ってきて、結婚以来一度もやっていなかった一人旅の気楽さに心を奪われ始め、MRTの乗り降りにも慣れるほどに楽しくなってきて、一人でのんびり昼ご飯を食べようと訪れた、クラーク・キーの巨大フードセンターをぶらついているときに、カナコは例のフィリピン人に再会した。

「またお会いしましたね」

と、エミリオ・エンリケ・カルロス三世は言った。彼はそう名乗ったのだ。カナコはカナコ・ワカバヤシだと言ってみた。相手が三世まで言うからには、姓名を言うのが礼儀作法なのかもしれない。

「王様みたいですね」

とからかうと、エミリオ・エンリケ・カルロス三世は頭を左右に振って、

「エミリオって呼んで」

と、言った。

そして、なぜもう一人はいないのかと、エミリオはカナコに訊ねた。夫は友人のところに行った、とカナコは答えた。

「ご主人には見えなかったな」

エミリオはほんとうに驚いたようだった。

「ちょっとわたしたちの間に、問題があったの」

リトル・プロブレム、と英語で言ってから、カナコは自分がなにを言っているのだろうかと軽い不安に襲われた。エミリオが深い同情を示して、

「それはひどいね」

と、返したからである。

そこへポツポツとお約束のように雨が降ってきた。二人がひさしのあるところへ駆けて移動する間に、それは例のごとく土砂降りになった。

「すごい天気だな」

と、エミリオは言った。

「フィリピンも似たような気候ではないの？」

「まあ、季節によってはね」

エミリオは雨足を見つめていた目をつとカナコに向け、たいへん困惑した表情になった。カナコがハンドバッグから黄色のレインコートを出して着ていたからである。

「昨日、買ったの」

カナコは照れ笑いをしたが、エミリオがなにも言わずに困った顔をしているので、さらになにか言わなくてはならない気がした。

「どうせ、今日しか着ないと思って」

エミリオは慎重にうなずいた。

「夫はひどいのよ。イカめしのカレー煮みたいだって言うの」

カナコはそう言ったつもりだったが、なにしろイカめしを英語でなんと説明したらいいのかわからなかったので、イカとかご飯とか「詰める」とかいうものを、すべて手振り身振りで説明した上に、「イカ」と言おうとして「かぼちゃ」に当たる英語を連発していることに気づいていなかったし、「カレー煮」に当たる部分もあやふやで、誰かになにかが伝わるような内容をしゃべっているかどうか疑問だった。

「あまり日本料理を食べないけれど」

悲しそうに首を振りながらエミリオは言った。

「それが問題だったんだね？」

ザッツ・ザ・プロブレム、のあとに、エミリオは「ハァン」と聞こえる尻上《しりあ》がりの音をつけ加えた。それは、わかったぞ、といったニュアンスに聞こえたが、「イカめしのカレー煮」の問題点について、エミリオになにかがわかったとはカナコには思えなかった。カナコは曖昧《あいまい》に笑って、肩をそびやかしてみせた。自分のジェスチャーがどういう意味を持つのかも、まったくわからなかった。

レストランのひさし伝いに二人は歩いて、おなかが空《す》いていると告白しあい、雨宿りがわりにどこかで食事をしないかという話にもなって、フィッシュヘッドカレーを食べさせる店に入った。

「夫婦というのは一度なにかが壊れてしまうと、なかなか元には戻らないものだ」

カレーを食べながら、エミリオは言った。

「そうかもね」

カナコはまた曖昧に笑った。

フィッシュヘッドカレーはとても複雑で深みのある辛さで、店内の気温は心地よく保たれていて、窓からはシンガポール河が見えた。戸外との温度差でガラスがぼんやりと曇った。激しいわりにどこか明るさを持つ熱帯のスコールは、カラフルなショッピングモールを雨でけぶらせて、印象派の絵のように見せていた。

誰かと一緒にいて、とエミリオが言った。

「誰かと一緒にいて、温かい気持ちになれないときは、なにかが間違っている」

そうね、とカナコはうなずいた。なにかが間違っている。

同じ相手と一緒にいても、やさしい気持ちになれることとなれないことがある。やさしい気持ちになれる時期と、そうではなくなる時期がある。意地の悪さとやさしさは、まったく違う二つの感情ではなくて、根っこは一つのところにある。他人を変えることはできない。こちらが変わることもできない。ただ、意地悪をしないとか、許すとかいったことができるだけで、それは一度心のバランスが崩れるともうできなくなってしまう。人の心はとても壊れやすいものだ。相手が間違った配色の服を着ていても、許せるときもある。でも許せないときもある。もう許せなくなってしまったら、それは二人が終わりを迎えるということなのだ――。そんなようなことを、エミリオ・エンリケ・カルロス三世は淡々と語った。

エミリオの優雅な態度ゆえか、カナコのリスニング力のなさゆえかはわからなかったが、非常に意味のあることが語られた気がした。なにか相槌《あいづち》を打つべきかとカナコは思い、

「間違った、配色の服？」

と、確認の意味を込めて訊ねてみた。

「間違った配色の服」

静かにエミリオ・エンリケ・カルロス三世は繰り返し、ナプキンで口元をぬぐった。

食事を終えて外に出ると、ありがたいことにスコールが止んでいた。カナコは「イカめしコート」を着なくていいのでほっとした。

二人はそのままぶらぶら歩き、MRTを乗り継いで、オーチャードへ出かけた。

カナコは久しぶりにショッピングを楽しんだ。二人はなんとなく同じエリアを見て歩き、時々合流した。エミリオは、一人で効率よくいくつものショップを見て回っていたけれど、絶妙のタイミングでカナコが悩んでいるところに現れ、的確なアドバイスをしてくれた。カナコは夏向きの明るいワンピースを一着買い、別の店でエミリオの見つけ

たバッグとサンダルも買った。エミリオは、いろいろ見て回るわりに多くは買わず、ニューヨークハットでストローハットを一つ買った。南国生まれのエミリオの濃い顔立ちに、ストローハットはよく似合った。

　エミリオはチカチカと電飾が胸のあたりで瞬《また》きするような細工をした派手なTシャツの売り場で立ち止まった。

「弟は好きだろうな」

「あなたは着ないの？」

と訊《き》いてみると、エミリオは不思議そうな顔をして、瞬時にノーと言った。

そして、ちょっと待っててと言っていなくなると、手に一本の傘を持って戻ってきた。

「きみに」

と、エミリオは言った。

「わたしに？」

「昨日履いていた靴に、よく似合うと思うよ」

　履いていた靴？　カナコはとても妙な気持ちがした。

　たしかに昨日の靴はすっかりびしょ濡れになってしまったので、カナコは部屋でくつろぐために持ってきたクロックスを履いて出ていた。暖かいこの地では、素足にビニール素材のほうが適していた。けれども、エミリオが昨日の時点で、ホテルにたどり着くまでは街灯を頼りに外を歩いていたにもかかわらず、靴に注目していたとは知らなかった。前日に履いていたのはクリーム色のシンプルなバレエシューズで、ブラウンの革のトリミングがあった。傘は広げるとクリーム色で、ブラウンのラインがぐるりとめぐらせてあった。

唐突ではあったけれど、誰かになにかプレゼントされるのはいつだって気分のいいものだ、とカナコは思い直した。

「いいの？　ありがとう、わたしもなにか記念にプレゼントがしたいわ」

カナコが言うと、エミリオはにこにこしてアイスクリームのブースを指さした。カナコはエミリオのために、クリスピーコーンに載せたピスタチオとチョコレートのアイスクリームを買ってあげた。自分にはストロベリーとキウイを注文した。

夫との約束の時間が近づくと、カナコはなんだか名残惜しい気がした。おそらくエミリオと会うことなど二度とないのだろうし、夫ではない男性と気ままにショッピングを楽しんだり、思いがけないプレゼントをもらったり、アイスクリームを頰張《ほおば》ったりすることも、もうないかもしれないと思うとつまらない気がした。

「ねえ、写真を撮らない？」

カナコがバッグからカメラを出すと、エミリオはそれを取り上げてカナコの肩を左手で引き寄せ、長い右腕を伸ばして、シャッターを切った。エミリオの左手のアイスクリームが、もう少しでカナコの髪にくっつきそうだった。男の汗とボディローションが混じったようなにおいがした。雨上がりの明るい光の中で笑う二人の写真が撮影された。カナコは帰らなくちゃ、と言った。MRTで最寄り駅まで行き、そこからまたホテルまで歩いてシュウジとの待ち合わせに間に合わせることを考えたら、ギリギリの時刻だったのだ。

「原田さん、どうだった？」

パッケージツアーに含まれた二度目の夕食をとりながら、カナコはシュウジに話しかけた。シュウジは心もちしょんぼりしていて、前日の勢いはなく、カナコも少しだけ気持ちが軟化した。カナコのほうは楽しい一日だったのだし、ひょっとしてあのフィリピン人はカナコのことが好きなのではないかという夢想も楽しんでいた。買ってもらった傘のことどころか、エミリオと会ったことすら、シュウジには言わなかった。

「ユキエさんに怒られた。一日しかないのに別行動なんてどうかしてるって。無理に誘ったんだろうって原田さんに食ってかかって、ちょっと困った」

「ユキエさんには悪いことしたな」

わたしからもごめんなさいってメールするわ、と言いかけたカナコの視界を、ひどくカラフルな服を着た巨漢が横切って行った。シュウジも気づいたようで、思わず二人は巨漢の駆ける先に目をやり、ロビーの向こうで巨漢が、エミーリオ！　と叫ぶのを耳にした。

　エミリオ？　聞き間違いかと思って凝視すると、ホテルの入り口にエミリオが立っていて、巨漢がドスドス音をさせながら駆け寄るのが見え、そしてもう一度、エミーリオ！　と叫ぶ声が聞こえてきた。またその声が張りがあって美しいため、あたかも舞台俳優の科白《せりふ》を聞いているようであった。

　と、ここまで考えて、カナコは唐突に、エミリオの弟がオペラ歌手であることを思い出すと同時に、エミリオの弟が弟でなんかあるはずがないではないかと思い当たった。巨漢はエミリオに駆け寄って抱きすくめたが、ちょっといやいやをするようにして振りほどいたエミリオは、カナコにはわからない言葉で巨漢を叱責《しっせき》したように見えた。巨漢も負けじと、フィリピノ語なのか、タガログ語なのか、あるいはイロカノ語かヒリガイノン語か、ともかくまったくわからない言語で怒鳴り返す。しかし、状況はエミリオが逃げ、巨漢が追う、あるいはエミリオが過失を責め、巨漢が悔いる、という図式を取っているのが傍目《はため》にもあきらかだった。

　エミリオは、人目を気にして早足で去ろうとするのに、巨漢が立ちふさがって行かせようとしない。巨漢は懇願するような態度をとり、エミリオは頑《かたく》なに首を横に振る。

　食事を終えた夫婦は、サインをしてメインダイニングを出て、エレベーターへ向かう途中でエミリオと目が合った。エミリオは、巨漢から逃れたい一心か、振り払ってつと夫婦に近づき、どうしてだかシュウジに向かって、

「あなたの気持ちを理解する」

と、英語で言ったので、夫婦は固まり、動けなくなった。

そして、追いすがる巨漢にくるりと向き直ると、また、まったくわからない言葉でなにやらしゃべったが、カナコはその不思議な言葉に時々、理解可能な英語が混じることに思い至った。その言葉が耳に入ったのは、それが昼間聞いた言葉であったからかもしれない。「間違った配色の服」と、エミリオは英語で言ったのだった。

たしかに巨漢は変な服を着ていた。赤を基調に、ひどくごちゃごちゃといろんな色が混じった派手なTシャツ、ブルーの太いストライプ模様のばかでかいバミューダパンツ、太っているがゆえに人の二倍ほどもある頭は髪の毛がぐしゃぐしゃに絡まって爆発していた。あきらかに仕立てのいいシックなトラッドスタイルのエミリオとは、両極端にあるような趣味の持ち主に見えた。

巨漢は足を踏み鳴らし、そんなことは本質的なことではない、とフィリピノ語でまくし立てたように見えた。「クールネスなんか知ったことか」と、巨漢は喚《わめ》いた。エミリオはなにか言い返し、「太りすぎ」という英語が混じり、巨漢は、「仕事のうちだよ」というような英語を紛れ込ませてなにごとかをまくし立て、エミリオは応戦して今度は

「ロベルト・アラーニャ」とか「ロランド・ヴィラゾン」とかいった人名が聞き取れた。

今度は巨漢がめそめそし出した。エミリオは追い打ちをかけるように罵《のの》り、巨漢はくちびるを噛《か》みしめて耐え、エミリオはまたもやヒステリックに怒鳴りつけ、「きみが怠けている間に」というような英語が聞こえた。巨漢はもはや打ちひしがれて座り込んでいる。

「想像だけどね」

と、シュウジはカナコに耳打ちした。

「『きみはフィリピンのロベルト・アラーニャやロランド・ヴィラゾンになれる男なのに、そんなに太って怠けている間に、芸術家としての真価が失われていく』というようなことをエミリオはあの大きいのに言ってると思うね」

「どうしてわかるの？」

「二人とも有名なオペラ歌手だから。あるいは『ロベルト・アラーニャやロランド・ヴィラゾンを見ろ。いまどきのオペラ歌手は見てくれもよくなきゃ売れないんだぞ』と言ったのかもしれないな」

シュウジは「間違った配色の服」にも、「あなたの気持ちを理解する」にも注意を払っていなかったが、カナコの頭はそちらのほうで一杯だった。なぜエミリオは服を選んでくれたり、傘を買ってくれたりしたのか。ひょっとして自分のセンスは、あの太ったオペラ歌手と同じレベルなのか。

ホテルのロビーとメインダイニングのすべての人々が注目した大喧嘩は、エミリオ・エンリケ・カルロス三世の勝利に終わろうとしていた。誰もがそれを確信し、エミリオが服の乱れを直してエレベーターホールに立ち去ろうとしたとき、静かだけれども力強く透き通るような男声が、ロビーの床から発せられた。

食事をしていた人々はカトラリーを動かすのをやめ、フロントで立ち働いている人々は手を休め、チェックインの順番を待ってロビーに座っていた観光客たちは、いっせいに目を見開いた。

間違った配色の服を着たフィリピンのオペラ歌手は堂々と立ち、右手を左胸に当てて歌った。それはおだやかな川のせせらぎのように始まり、哀切な短調と慰めるような長調の間を自在に行き来して、うねるように高まっていった。

聴衆は釘付《くぎづ》けになり、さすがのエミリオも振り向いた。

アリアがクライマックスを迎えたとき、巨漢が全身を楽器にして送り出す音楽がフロア全体を包み、揺らした。エントランスの大きなシャンデリアさえ、振動してしゃらしゃらと音を立てた。

拍手のさざなみがフロアを伝い、巨漢とエミリオが映画のシーンのように抱き合うのを夫婦はあっけにとられて眺めた。

「ロドルフォはミミを助けないじゃないか」

エミリオは少し拗《す》ねたように英語で言ったが、もう怒ってはいなかった。

「〈冷たい手を〉だ。『ラ・ボエーム』の有名なアリアだよ。ロドルフォがミミに自分は詩人で芸術家だと訴えるように歌うんだ」

カナコに向かって説明するシュウジに、なぜかまたもやエミリオは近寄ってきた。感動的な和解の後だったせいか、少し目を潤ませていた。

「彼女があのヘンテコなコートを着ても、それで愛情をなくすことはない」

と、エミリオは言った。

その後で彼が話したことは、非常に早口でわかりにくかったが、だいたいこのようなことだった。

同じ相手と一緒にいても、やさしい気持ちになれることとなれないことがある。やさしい気持ちになれる時期と、そうではなくなる時期がある。意地の悪さとやさしさは、まったく違う二つの感情ではなくて、根っこは一つのところにある。人の魅力と欠点も、たいがいは根の同じものなのだ。他人を変えることはできない。こちらが変わることもできない。ただ、意地悪をしないとか、許すとかいったことができるだけだ。彼女が間違ったレインコートを買ったり、おそろしくまずいかぼちゃのスープを食べさせたからといって、それでなにもかもがおしまいだと思うのは間違いだ。なぜなら、もしも、おしまいだと思ってしまったら、それはほんとうにおしまいだからだ。たいていの場合、きっかけはささいなことで、そしてそれがけっして許せなくなる。相手が間違った配色の服を着ていて、許せないと感じるときもある。でも許せるなら許したほうがいい。もう許せなくなってしまったら、それは二人が終わりを迎えるということなのだ――。そんなようなことを、エミリオ・エンリケ・カルロス三世は淡々と語った。

傍《そば》で聞いていた巨漢は、エミリオの肩を抱きながら、なぜだかこちらも朗々と謳《うた》い上げるように、カナコとシュウジに説教を始めた。

終わりを迎えることを考えるな。いつでも始めることだけを考えろ。けっして諦めるな。けっして。まだ夜は長い。ナイトサファリに行きなさい。わたしとエミリオは三年前、シンガポールのナイトサファリで出会ったのです。夜の動物を見ることは、われわれを自然の衝動に素直にしてくれる。カップルにとっていちばん大切なことはなんだ？　セックスだろう！　え？　大事なことは、たとえ喧嘩をしてもその後でセックスしたくなることなんだよ。さあ、勇気を出して。いますぐ出かけなさい。

夫婦は、なにが起こったのかよく理解できなかったが、部屋に帰って時計を見ると八時だった。そしてこの二日間というもの、お互いにイライラするだけでちっとも二人で楽しんでいなかったことを、いまさらながら思い出した。

「ナイトサファリは何時までやってるの？」

シュウジが口を開いた。

「夜の十二時までみたい。楽しくなるのは九時以降と書いてあるわ」

最後の夜なのだから二人で外出しようとシュウジは言った。信じられないくらい、ぱっとしない旅行だったことを、お互い口にはしなかったが痛いほど感じていた。

ホテルでタクシーを拾い、近くのMRT駅をカナコが告げようとすると、シュウジは制して、「ナイトサファリ」と運転手に告げた。

「ナイトサファリ」

とくに感情も交えずに運転手は答えた。

「タクシーで行こう。いいよ。いままでちっとも金を使ってないんだし」

カナコはうなずいてシートに体をもたせた。

タクシーは市街地を抜け、広い高速道路を走り始めた。

走っても、走っても、ナイトサファリは現れなかった。

二人はだんだんと不安になってきた。

知らない土地でタクシーに乗るのは難しい。

「これ、ナイトサファリに向かってるんですよね？」

カナコが訊ねると、運転手はもう一度、

「ナイトサファリ」

と、抑揚のない英語で言った。

暗がりに巨大なタワーマンションが浮かび、鬱蒼《うっそう》とした巨大モクレンがそこここに枝を広げている。

広い道路はいっこうに終わりを見せず、タクシーのメーターは上がっていったが、やがてどちらともなく夫婦は笑い出した。

「だいじょうぶだよ、乗ってりゃ、着く。シンガポールなんて端から端まで行っても、東京二十三区と同じ広さなんだから」

シュウジが笑いながら言った。

タクシーは広い道を走り続け、二人は腹をよじらせて笑い続けた。

# ゴセイト

もうずいぶん昔の話になるから、いまどきの中学生なんかには信じられないことかもしれないけれども、わたしがティーンエージャーだったころには、放課後にだけ現れる生徒というのがかならずどこにもいたものでした。

それらの生徒たちのことを、「ゴセイト」と呼んでいましたが、これはどういう字を当てればいいのか、いまだにわたしもわかりません。放課後の生徒だから、「後生徒」と書くのかもしれませんが、なんとなく「誤生徒」とか「護生徒」とか、いろいろな字が思い浮かび、どれもこれもそれなりにいわくがありそうな気がしてきます。

でも、当時誰《だれ》もその「ゴセイト」の由来を知っているものはなかったように思います。

この物語を書くにあたって、学校時代の友人に確認してみましたが、「ゴセイトに漢字はないだろう」という意見がいちばん多く、ひどいのになると、「ゴセイトは英語のはずだ」と言い出すものまでいて、しかも英語でどういう意味かという問いには毅然《きぜん》として「放課後だけに現れる生徒っていう意味だ」と答える始末でしたので、残念ながらここで「ゴセイト」の正しい表記をお伝えすることができません。

彼らがただの不登校生徒なのか、卒業生なのか、それとも学校で死んでしまった生徒の幽霊かなにかなのか、それはわたしにはわかりません。

知っているのは、ただ、彼らが放課後になると現れて、ひとりでいる生徒に話しかけてきたということだけです。

わたしは、大人になって小説家などという職業についている人がまあそうであるように、集団行動が得意なタイプではなかったので、わりにひとりで過ごすことが多く、したがって、「ゴセイト」に話しかけられる確率も、他の生徒に比べれば高かったように思います。

しかし、待っていれば来てくれるわけでも、この人に来てほしいと指名できるわけでもありませんでした。さきほどから「彼ら」と書いているように、向こうは複数なので、今日は髪の長い女の子だったが、さきおとといは歯の欠けた男の子だった、という具合で、あくまで出てくる出てこない、話しかける話しかけない、を選択するのは、こちらがわではなく「ゴセイト」たちのほうだったのです。

法則めいたものといえば、こちらがよっぽど「話しかけないでくれ」と思っているときには、彼らも遠慮して出てこなかったことでしょうか。

それから、「ゴセイト」など、はなから否定している人たちもいるにはいました。「ゴセイト」と関わりを持つには、ある程度の感受性を必要としたので、もしかしたら知っている人のほうが少なかったかもしれません。そして、知っている人たちは、あまり声高にそのことを言おうとはしませんでした。どちらかといえばひっそりと、知る人ぞ知る的な存在だったように思います。

とにもかくにも、中学二年生の二学期くらいだったか、わたしの目の前には古野《ふるの》くん、という名前の「ゴセイト」が現れて、しょっちゅう話しかけてきました。

古野くんは、他の生徒と同じように、我が校の制服を着ていましたが、少し年が上に見えました。このくらいで年齢が上というと、じっさいの差よりも大きく感じられるものです。だから、わたしは古野くんのことを、おじさんのように思っていました。

なんだって、古野くんがわざわざわたしを選んでやってくるのか。わたしはいまでもわかりません。わかるような気がするときもありますが、いまは言わないでおきましょう。

授業が終わると、部活動のある子たちは部室へ行き、学校に用のない子たちは家に帰るのですが、わたしはよく古野くんといっしょに、二階のいちばん奥の空き教室で、だらだらとおしゃべりをして過ごしました。

「それで君は今日あった牛のことはどう考えているの？」

だいたい、そんなふうに、古野くんは切り出すのです。

「牛？　授業中に牛になんか、会わなかったよ」

「そんなこと言ってないでしょう。授業中に出会ったなんて。そうじゃなくてよく思い出してみなさいよ。牛のことを君は、考えてたじゃないか」

古野くんはしばしば、このように断定的で、しかも上からものを言うような態度に出るので、それでおじさんぽく感じられたのかもしれません。

けれども、こういうときは古野くんの言うのが正しいことが多く、わたしはたいがい授業中でもぼんやりと何か余計なことを考えていたものですから、なんだったかなあ、牛、牛、と思考をたどっていくと、たしかに牛にたどり着いたりしたわけです。

「『牛のヨダレ』って、そんなにだらだらしてるもんなのかな。今日、授業でそういうフレーズが出てきたんだよね。それで牛のヨダレのことが頭からはなれなくなっちゃって」

「そりゃあ、そうでしょう。牛のヨダレはだらだらしてるでしょう。なんだ、そんなことか。僕はもっと君が高尚なことを考えてるのかと思ってね」

たいてい、そんなふうに、古野くんは切り返すのでした。

「高尚ってなによ。コウショウって」

「もっと、こう、人類と牛の関わりについて、真剣に思いを馳《は》せてるのかと思ってさ。もしも人類が牛を伴侶《はんりよ》としなかったら、我々の歴史は五百年遅れているとも言われているんだよ。それほど人間と牛との関わりは深いわけ。重要なわけ」

「誰が五百年とか、決めてるんだろう」

「それにね、牛には胃袋が四つあるでしょう」

古野くんは、わたしの話は聞こうとして聞いていないようなところがありました。

「え、四つも胃袋があるの？」

「そう。牛がヒンズー教の神様だってことは、誰でも知っているよねえ？」

「あ、そうだっけ？」

「そうだよ。あたりまえじゃない。僕はそれでいつも捕鯨に反対する外国人なんかには対抗しているんだけどさ」

「ホゲイ？　ホゲイ？」

「いるでしょう、クジラは高等生物だからとって食うのは野蛮だ、みたいなことを言う人。そういう人には言ってやるんだ。あんたら、牛を食うだろう。牛はインドじゃ、神様だよって」

「ベジタリアンの人には通用しないんじゃないの？」

「まあ、ベジタリアンの外国人には、君の好んで食べる日本の野菜料理はだいたい魚の死骸《しがい》でスープをとっているんだよって言うことにしているんだけど、ともかくいまは牛の話だ」

「牛の話題のほうがましな気がするね。その、魚の死骸の話より」

「そして、牛の神様が猿だってことも、覚えておいたほうがいいよ」

得意げに、古野くんは言うのでした。

「牛の神様が、猿？」

「そうだよ。『厩猿《うまやざる》』と言ってね。牛の病気快癒とか、牛の安産祈願だとか、そういうものは猿がつかさどっていたんだよね。昔、農家の牛馬を入れておく厩舎《きゅうしゃ》には、猿の手の骨や頭蓋骨がかけられていたそうですよ」

「頭蓋骨？　骨？　また死骸系の話に戻ったね？」

「鰯《いわし》の頭も信心からと言うでしょう」

このように、しゃべり方や知っていることなどがなんとなく中学生的ではなかったので、わたしが古野くんを、制服を着たおじさんだと思っていたのも、無理からぬことです。

そんな彼がしばしばわたしの前に現れた理由が、ひょっとしてわたしではなく、別に目的があるのではないだろうかと思われる事態が起こったのは、わたしが中学二年生の三学期を迎えていたころでした。

「菅沼《すがぬま》くんに、僕は恋をしてしまった」

古野くんが、二階のいちばん端の空き教室の窓を開け放ち、ぼんやりと冬の空を見上げながらそう言ったのでした。

　恋をしてしまった。

　そんなふうには、ふつう人は言わないものです。そもそもそんなことをおいそれと口には出さないし、言うとしても「好きになっちゃった」とか、「好きかも」とか、「恋」なんて大げさな言葉を使わずに話すものだと思います。

　このあたりが、古野くんのふつうじゃなさというか、おじさんくささの一端ではないかと考えられるものの、それを言った彼の顔は真剣そのもので、へたにからかったり笑ったりしてはいけないと感じさせるなにかを秘めていました。

　菅沼くん、が誰かというと、それは中二の二学期に転校してきた背の高い男の子で、制服を少し崩して着て、眼鏡をかけていました。ブレザーの下に着る白いシャツが、他の子と違ってクリーム色がかっていて、ボタンを外しているから見えてしまう、中に着ているTシャツも、ちょっとだけ他の子より襟《えり》ぐりが開いていて、眼鏡が、当時の中学生にしてみればおしゃれというか、目が悪いからかけているだけではないのだと匂《にお》わせるところがあって、クラスの女子の半数くらいは、気になったものです。

　転校生であるだけで、なんとなく気になるのにくわえて、菅沼くんは眼鏡をかけているくせにバスケットやサッカーがうまかったのです。

　そのほか菅沼くんの特徴といえば、歌が下手だったことがあげられます。

音楽の時間に、先生がひとりずつ順繰りに歌わせていくなんてことが昔は行われていたものですが、あれ、いまでもやっているんでしょうか。自意識だけが肥大した思春期に、あれほど残酷な指導もないと思いますが、ともかくわたしの行っていた中学は、そういう旧態依然とした教育がなされているところだったのです。

「ハイ、菅沼くん」と言われて歌い始めた菅沼くんのすさまじいまでの調子っぱずれに、クラス中が笑い転げたのでしたが、それを見て口を尖《とが》らせて眉毛《まゆげ》を八の字にして、だから嫌だったんだよと言いたげな表情と態度は、近寄りがたい転校生で、かっこよく見えていた菅沼くんのそれまでと、ものすごくアンバランスでした。

そこがまた少しばかり、よかったのでしょう。

転校生だからという理由で人目を引く期間が過ぎ去っても、菅沼くんはやはりクラスの女子の二、三割くらいには、支持されていたように思います。

三割打者といえば、野球だってかなりなものです。

しかし、なんと言っても古野くんは「ゴセイト」なのだし、いったいいつ、菅沼くんのそうした魅力的な場面を見たのでしょうか。

むろん、わたしが授業中に牛について考えていたこともわかるくらいなのですから、「ゴセイト」としての超能力のようなものを使っているのか、もしくはどこか校内の特別な場所からすべてを盗み見していたのかもしれません。

百歩譲って、古野くんがふだんの菅沼くんの行動をどこかで目撃して思いを募らせているのだと仮定しても、古野くんが男性である事実は変わりませんでしたから、わたしは古野くんに同情しました。

これはおそらく日本独自の傾向だとは思いますが、中学生女子などというものは、いまでも少なからずそうであるように、ボーイズラブには比較的寛容なので、古野くんが男でありながら同じ男性の菅沼くんに恋をした、そのことはわたしを驚かせるようなことではありませんでした。

でも、どう見ても菅沼くんのほうがストレート、ノンケであるのは疑いようもなく、その意味で、古野くんの恋が成就しそうもないことを、わたしは気の毒に思ったのです。

それに、漫画や小説の中の男の子同士は、気味が悪いくらいきれいで、どんなに過激な性行動に及んでいようと、性的な印象がむしろ薄いものですが、現実の古野くんは、わたしにはおじさんくさく見えたにしても、にきびが終わったばかりのかっこ悪い男子でしたから、どちらかといえば、醜悪な感じが漂ってくるのでした。また、じつに言いにくいことですが、近くにいると、思いを募らせた古野くんが、思わず知らず勃起《ぼっき》してしまう場面にも遭遇しますから、そういうのを見せられると、うわーどうしようもないなと、悲しいような腹立たしいような思いをさせられたことも覚えています。

「ヘンだよ、そんなのって」

ある日、思い切って古野くんに進言したこともありました。

「だいたいさあ、口も利いたことのない相手に、恋しちゃったもないもんじゃない？」

「そのことなんだけどさ」

古野くんは、思いつめた眼差《まなざ》しでわたしを見つめ、重大なことを告白する口調でこう言いました。

「このあいだ、ひとりの菅沼くんを狙《ねら》って、出ちゃった」

「え？」

「話しかけちゃった」

「古野くん、積極的だね」

「うん」

いったいいつ、古野くんは菅沼くんに接近していたというのでしょう。そのころのわたしと古野くんは、二、三日おきどころか、毎日放課後になると空き教室で話しこんでいましたから、古野くんが二人いるのでない限り、そんなことは不可能なはずでした。

しかし本人が話しかけたと言うのだから、嘘《うそ》ではないのでしょう。どんなことを話したのかと訊《き》くと、あんがいまともなことを言うのです。

「菅沼くんちはさ、蓮尾《はすお》電気店の向かいの公団住宅なんだって、知ってた？　こっからだと、坂を上って、君んちなら左へ折れるところをまっすぐ行って、一本道を突き当たるとバス通りに出るでしょう。あのバス通りを右に行って角を左に曲がると蓮尾電気店があるじゃない、あの向かいの公団住宅だよ。菅沼くんは母ひとり子ひとりの単親家庭だってことは、転入のときに噂《うわさ》になっていたけど、ほんとうのところはおばあさんとお母さんと菅沼くんの三人家庭らしくってね。お父さんは離婚して名古屋にいるから、月に一回はひとりで会いに行くらしいよ。釣り好きのお父さんがルアーを教えてくれるって言ってた。それも、忙しいときはパチンコとかになっちゃうんだって。だけど好きみたいだったな。お父さんのことがさ。お母さんとおばあさんのことは、あんまり聞いてない」

古野くんてば、すごい情報収集力です。

それからというもの、古野くんはわたしといる時間を減らしてときどき菅沼くんの前に出没し、そのときに訊きだしたもろもろの事実を、次に会ったときにわたしに知らせてくれるようになりました。

「前の学校では、菅沼くん、彼女いたんだって。そうだよねえ。もてそうだもん、菅沼くん。いないはずないよなあ」

といった、弱気の発言だったり、

「菅沼くん、好物は焼肉だって。カルビがあればロースはとくにいらないって言ってた。あと、甘いものが好きなんだって。ちょっと意外だよな。ところてんとあんみつだったらぜったいあんみつ選ぶタイプなんだってよ」

などという、やや、おばちゃん的な情報もありました。

猫と犬だったら、菅沼くんは猫好きらしいとか、ジャンプとマガジンだったら、菅沼くんはジャンプが好きらしいとか、足のサイズは26とか、ほとんどどうでもいいような、くだらない話ばかりでしたが、古野くんは熱心に拾い集めて、菅沼くんに思いを馳せるのでした。

こうしてわたしと古野くんの放課後の話題は、ほとんど菅沼くん一色になりました。あまりおじさんな発言は見られなくなり、今日の菅沼くんがどうだったとか、明日の菅沼くんはどうだろうといったような会話に終始するようになったのです。

それは考えてみれば不思議なことでした。

なぜって、それまでわたしは、女の子同士のそういう話題には、あまりついていけないと思い込んでいたからです。

いまの子どもたちだともっと早いのでしょうが、当時、わたしが子どもだったころだって、だいたい小学校の四、五年生ともなれば、女の子同士の話題は男子のことばかりになって、誰が好きだの、嫌いだの、告白するの、しないの、といった恋愛ネタが、子どもたちを席巻《せっけん》するようになるものです。

ところがわたしときたら、おそらくクラスのほかの女の子たちより数段、おくてだったのでしょう、そんな話が始まるとたんに面倒くさくなって、群れから離れてしまうようなところがありました。はっきり言って、古野くんと牛の話をしているほうが、クラスの男の子の噂話やジャニーズネタで盛り上がるよりも、ずっとおもしろかったのです。

そういうところが、おそらく「ゴセイト」に頻繁に遭遇する性質《たち》でもあったと思われるのですが、不思議なことに古野くんの恋愛の話は、ちっとも嫌いではありませんでした。

古野くんの話題が、ほかの女の子たちの恋愛ネタより「高尚な」ものだったなどということはまったくありません。

それでもなぜだか、古野くんの話にだけはついていけたし、じっさい、ある程度、親身になって肩入れしていたのでしょう。あまりにうまくいきそうにない恋愛だから、同情したのか、安心していたのか、自分でもよくわからないのです。

ともかく、わたしは、中二の三学期、来る日も来る日も、古野くんと菅沼くんの恋の行方ばかり心配しておりました。

はじめは、「菅沼くんって、こうなんだって！」という、無邪気な情報だった古野くんの恋が、少しだけ妙な方向に変質していったのは、春休みを挟んで中学三年になり、菅沼くんがわたしと別なクラスになってからでしょうか。

クラスが違うなんていうのは、たいしたことではないけれども、学校に通う子どもたちにとっては、そこに一つの壁があるような、妙な気分になるもので、古野くんがどう思っていたかはわかりませんが、わたしは菅沼くんが少し遠くへ行ってしまったような、そんな感じがしていました。

もちろん、菅沼くんに恋をしているのは、古野くんであって、わたしではないのですから、そんな気分になるのもおかしなものですが、放課後といえば菅沼くんのことを話題にし、正直に言うと春休みの間も、古野くんにつきあって蓮尾電気店の向かいの公団住宅近くをぶらぶら歩いてみる、なんてことまでやっていたので、いつのまにか菅沼くんのことは、心の中で無視できない存在になりあがっていたのでした。

ある日の放課後、古野くんがちょっといたずらをするような目つきで近づいてきて、

「これ、もらっちゃった」

と言って、菅沼くんの鉛筆を見せてくれたときには驚きました。

当時、そういうことが流行《はや》っていたのでしょうか、鉛筆には「SUGANUMA TATSUYA」と、ローマ字がタイプライターの文字のように打ち込まれていて、それはたしかに菅沼くんの鉛筆でした。

「どうしたの？」

不審に思うわたしの表情を見て古野くんは機嫌を悪くしました。

「いいじゃない、一本くらい」

「え？　なに、もらったんじゃないの？」

「もらった」

「どうやって？」

「いいじゃない、一本くらい」

「ひょっとして、勝手に取ってきちゃったってこと？」

「いいじゃない、一本くらい」

ようするに、そういうことでした。古野くんてば、勝手に人のものを取ってきてしまうなんて！　いくら「ゴセイト」とはいえ、そんなのは、どうなんでしょう！

それからも、少しずつ古野くんの行動は常軌を逸《いっ》していきました。

だって、一度などは、古野くんがいつもと違う、妙に襟ぐりの開いたTシャツを中に着て、白いシャツのボタンをいつもより多く外して歩いてくるので、なんとなく勘が働いて、

「古野くん、そのTシャツもしかして」

と、問いかけると、

「いいじゃない、一枚くらい」

という返事が来たりしたわけです。

「え？　もしかしてそれは、菅沼くんのなの？」

「着てみたかったんだもの」

わたしが絶句したのは想像に難くないでしょう。

いくらなんでもそれはない。気持ち悪い。よくない。してはいけない。

わたしはそう思いました。

いまでは「ストーカー」という便利な言葉がありますが、当時はなかったので、わたしはかなり控えめに、

「古野くん、ヘンになっちゃってるよ」

と言いましたし、もう一歩進めてこんどは過激に、

「そういうのは、犯罪だよ」

とも非難しました。

さすがにこれには古野くんもむっとした顔をして、二度とそのTシャツを着て現れませんでしたし、菅沼くんがTシャツを盗まれたと騒ぎ出すようなこともなかったので、「ゴセイト」の器用さを使って、盗んだと同じように鮮やかに返却してきたのでしょう。

そういうわけで、ときどき妙な行動に及んでは、わたしの注意によって制御する、そんなふうな奇妙天烈《きみようきてれつ》な古野くんの恋愛ではありました。

そして、あれは中三の一学期も終わりに近くなっていたころでしょうか。暑い日が続

いて、早く夏休みにならないかな、という思いと、夏休みになると古野くんにも菅沼くんにも会えなくなるからつまんないな、という気持ちが交錯していたわたしのもとへ、古野くんが一冊のノートを持って現れたのです。

なんということもない、ふつうの大学ノートで、表紙には教科の名前も持ち主の名前も書かれていませんでした。

それでも、古野くんが持ってくるものですから、菅沼くんの持ち物であろうことは、わたしには容易に想像がつきました。

悲しそうな、つまらなそうな、怒っているような顔をして、古野くんはノートをわたしの前で開きました。

髪の長い女の子の絵が、ページの隅に描かれていました。

あれはいったい、なんのノートだったのでしょう。数式のようなものが、ぱらぱらと書いてあった気もしますし、しかし、あまり勉強の痕跡の見られるようなものではなく、水分を吸収してふやけて、それからまた乾いたページなどもありましたので、ひょっとしたら理科のノートだったかもしれません。

菅沼くんは、体育は得意でしたが、それ以外の教科に関しては、あまり優秀ではありませんでした。だから、それが授業で使うノートだったとしても、きちんと黒板の字を写していなかったからといって、驚くにはあたらなかったと思います。

ただ、そのノートを見たわたしと古野くんは、菅沼くんが音楽は下手でも美術は得意なのだということがわかりました。

そして、桂木《かつらぎ》しほり、という女子が好きだということも。

SHIHORI KATSURAGI と、何度も何度も書いてありました。それが一学年下の二年生の女の子だと知るのには、さほど時間はかかりませんでした。

桂木しほり。桂木しほり。

いったいどこで、菅沼くんと桂木しほりさんは知り合ったのでしょう。菅沼くんは部活動をしていませんでしたし、クラスが違うだけだってあんがい壁のように感じるわたしの感覚では、一学年下の女子と知り合うなんて、ものすごい離れ業に思えました。

もちろん、そのへんの事情に関しても、古野くんは情報収集が早く、二人が同じ公団住宅に住んでいることをつきとめてくれました。

わたしと古野くんは、しばし、ぼーっとして時を過ごしました。

もはや、二人の間に話題はないとすら思えました。

あの、濃くもみょうちきりんな菅沼話題の日々を経て、いつしかわたしと古野くんの関係も変化していたのです。もう、後戻りはできませんでした。牛の話で、それこそヨダレのようにだらだら話し続けられた日々は返ってこない。

わたしはその翌日、図書委員の活動で知り合った二年生を、委員会活動のことで話が

あるような振りをして訪ねていき、さりげなく、

「桂木しほりさんって、どの人？」

と、訊いてみました。

ほんとうを言うと、さりげなくもなんともなかったと思います。

「なんでですか？」

と問い返されて、

「知ってる三年の男子が、ファンなんだって。それでちょっとどんな人か見たくって」

とまで言っているのですから。

「そういうことなら」

うれしそうに、二年生の女子はわたしの前で、

「しほりぃ！」

と声を上げて呼んでくれました。

桂木しほりは顔を上げました。

長い髪で、目鼻立ちのはっきりした、きれいな女の子でした。

なんでもない、なんでもない、と、二年生女子は手を振って、

「あの子ですよ」

耳元にそう囁《ささや》くと、くすくす笑ってみせました。

古野くんが、桂木しほり抹殺計画を耳打ちするようになったのは、この後のことです。

「蓮尾電気店の前の道の下水溝の蓋《ふた》が外れてるところがあるじゃないか。あそこらへんに桂木しほりを誘導してから突き飛ばし、複雑骨折かなんか起こさせられないかな。そうして一ヶ月くらい休ませてしまって、その間に菅沼くんの気持ちが変わるということもあるかもしれないじゃないか」

あいかわらず、おじさん口調で古野くんは言います。

「桂木しほりの下駄箱《げたばこ》の場所、わかっちゃった。置こうと思えば画鋲《がびょう》も置ける」

と、古典的ないじめ方を練っていたこともあります。このへんはおじさんというよりおばちゃん的な発想です。

「桂木しほり、転校しないかな。どうにかして桂木しほりのお父さんの会社に人事異動の辞令を発令してもらうわけにいかないかな。たしか桂木しほりのお父さんは勤め先が外資系だったたから、本社勤務になっちゃって一家で海外移住するというのはどうか。そのためにはまずお父さんの会社の人事部とコンタクトを取らなければならないかな。それとも一消費者として、この人物にぜひとも本社へ行ってもらいたいというような希望を手紙にして社長に送るなんていうことがうまくいくことがあるのかな。いっそのこと桂木しほり本人に、菅沼に近づくなと脅迫状を送るのはどうでしょう」

古野くんの思考はどんどん混乱を極めていき、わたしたちは放課後二人でふうと溜《た》め息をつきながら、そんなばかなことばかり話し合うのでした。

「でもさあ、古野くん。はっきり言うけど、君の発想は、どれもこれも醜いよ。嫉妬《しっと》の表れだよ。美しくないよ」

と、わたしが言うと、古野くんは赤い顔をして、

「なんだよ、自分ばっかり、いい子になろうとして」

と、怒るのでした。

自分ばっかりと言われても。

わたしたちの混乱に終止符が打たれたのは、明日から夏休み、という日のことです。

終業式が終わり、みんながばらばら帰りだして、学校はどんどん静かになっていきました。

いつものようにわたしは古野くんと、二階の隅の空き教室にいました。

わたしのいた学校は、一年生のクラスが一階、二年生が二階、三年生が三階を使っていましたが、わたしと古野くんは二年次からの慣習で、授業が終わると二階の空き教室に集合していたのです。そこに二年生がやってくる可能性は、なきにしもあらずでしたが、それまでのところ、そういう事態は起こりませんでした。わたしの一学年下は、ひとりぼっちで放課後をぶらぶら過ごす子の少ない学年だったのかもしれません。

そこにいきなり、あの、髪の長いきれいな女の子が入ってきそうになったので、わた

しと古野くんの動揺といったら、心臓が止まりそうになるくらいの衝撃でした。

桂木しほりは、教室の手前ですっと体を引き、廊下の向こうを確認するような動作をしました。その間にわたしと古野くんは、空き教室に置いてあった物の陰に隠れたのです。

じつはその空き教室というのが、文化祭の看板や垂れ幕や芝居の大道具などを、雑多に収容している場所でもあって、教室の半分ほどがそういうもので埋め尽くされていましたので、隠れる場所に不自由はありませんでした。

息をつめて静かにしていたら、がらっとドアの開く音がしました。

背の高い男の子は、そう、それはもちろん、菅沼達也《たつや》でしたが、かたっぽの手をポケットに入れた格好で入ってきて、窓際にいる桂木しほりに声をかけました。

よぉ、とか言ったかもしれません。

おっ、とか。

外を見ていた桂木しほりは向き直って、上半身を窓枠にもたせかけるようにして、それからたぶんおそらく、微笑《ほほえ》んだのだろうと思います。

声はしませんでした。桂木しほりも、菅沼達也も、古野くんもわたしも、ひと言も発することはありませんでした。

菅沼くんは窓辺に近づき、出しているほうのかたっぽの手で、桂木しほりの長い髪をぐしゃっとかき回し、それから少し身をかがめて、長い、長い、キスをしました。

それからおもむろに体を起こして、髪を少し揺すりながら前に立って歩き始め、続いて桂木しほりが出て行きました。

それだけです。

わたしが見たのは。

心臓を、誰かにぐしゃりと踏み潰《つぶ》されたような気持ちでした。

その後のことは、あまりよく覚えていません。

気づくとわたしは、二階の空き教室の立て看板の陰で、ひとりっきりで、声を漏らさないようにして泣いていました。

それだけです。

わたしが覚えているのは。

その日以来、わたしは古野くんに会っていません。

他の「ゴセイト」にも、会っていません。

わたしはその中学を卒業して高校に行き、菅沼くんも卒業して別の高校へ行きました。

菅沼くんとも、卒業以来会っていないし、なにしろ放課後に古野くんと話すこともなかったので、三年の夏休み以降の菅沼くんに関して、覚えていることはなにもありません。

覚えているのは、あの夏の初めに経験した、いきなり頬《ほお》を叩《たた》かれ、胸を引きちぎられるような、初めての失恋の痛みだけです。

その後に襲ってきた、胃から這《は》い上ってくるような重苦しさと、それが液体になって目からあふれ出たときの熱い感触だけです。

できることなら、この場から消え去って、家にも帰らずどこかへ行ってしまいたいような、とびきりの恥ずかしさだけです。

あれからずいぶん年月が経《た》ってしまいました。

大人になると、いろんなことを忘れてしまいます。

菅沼くんのことも桂木しほりさんのことも、いまでは顔もぼんやりとしか思い出せません。

ましてや「ゴセイト」などというものが存在したのかどうかなど。

いまではほんとうにおぼろげに、記憶の片隅に残っているだけなのです。

# 天井の刺青《いれずみ》

ぽつん、と小さな音を立てて、水滴が床に置かれたフライパンの中に落ちた。

なぜフライパンなのか、という疑問が湧《わ》きあがったが、そんなことをいまここで訊《き》くわけにはいかないという判断で、沈黙を守った後、もう一度、あかりは天井を見上げた。すすけた白い天井の隅に描かれた絵には、部屋に入ったとたんに気づいた。そのあまりの強烈さに、すぐ目を逸《そ》らして、絵から落ちてくる水をたどっていった先にあったのがフライパンだった。

「すごいでしょう、これ、誰《だれ》かに見せたかったんだ」

部屋の持ち主は言った。

見せたいのはフライパンではなく、天井のほうであることはあきらかだった。

「ここに入ったとき、天井を張り替えるって話も出たんだけど、ビニールクロスの模様がすごくエッチな感じだったから、このままにして絵を描いてみたんだ。そしたらこんなことするんだもん、上の人？　描いといてよかったと思ったよ」

白いビニールクロスに「模様」というほどのものがあるようには見えなかった。目を凝らすとたしかに、それは平坦《へいたん》ではなくて無数の凹凸《おうとつ》が組み合わさってできていたので、それをデザインと呼ぶかどうかは別として、地紋のようなものがあることは、確認できた。男が自分で描いたという絵をまじまじと見つめていると、たしかにその凹凸が、人の体の隆起や窪《くぼ》みに見えてこないこともない。

「こんなことするんだもん」と言われ、「上の人」と名もなく尻上《しりあ》がりに呼ばれ、まるで自分がこの卑猥《ひわい》な絵を完成させた張本人のように扱われて、あかりはひどく居心地が悪かった。

男は天井に、裸の女を描いていたのだ。

なるほど少し体をひねって、つんと横向きに尖《とが》った乳房の先には、それらしい盛り上がりがあったし、臍《へそ》の部分にもちょうどいい窪みがあった。白眉《はくび》は折った両脚の間の、裂け目のように見える部分で、上階であふれ出た水が、天井の縁《へり》から染み出して、滴り落ちてくるので、絵は描かれた時点よりもずっと淫猥《いんわい》な印象になっているに違いなかった。

「フライパン……」

何を言ったらいいかわからなかったので、とりあえず、そう口に出してみた。

「フライパンじゃ、底が浅いから、水が跳ねて外に出ちゃう」

「そうなんだよ。でも、なんかないと、下が濡《ぬ》れちゃうから」

男はそう言うと、台所に鍋《なべ》を取りに行き、こっちのほうがまだ深いかな、でも口が狭いからどっちもどっちかなあと、どうでもいいようなことを悩み始めた。

水はあかりの使っている全自動洗濯機の外れたゴムホースがあふれさせ、部屋全体を水浸しにした。

洗濯機を回したまま近所のコンビニに出かけて行き、片端から女性誌と漫画雑誌を読みふけって時間を忘れ去り、帰宅したらたいへんなことになっていたのだ、とあかりは言う。

彼女の部屋に置いてあったのが、たまたま脚のついたベッドやエレクターシェルフで、床置きした家電がなかったので、壁に寄せた段ボール箱に放り込んであった本がヨレヨレになったほか、入居時にすでに「押入れ」から「クローゼット」に改装されていた収納スペースの、下のほうに詰め込まれていたバッグや衣類の一部が被害に遭ったくらいだったが、もともと畳だったところへフローリング風のマットを敷き詰めていた床部分は、ぐにゃぐにゃびちゃびちゃとひどい感触のものになっていた。

それだけでもひどくブルーになるのに、「下の階の方にちゃんとお詫《わ》びしてくださいし」と管理人に言われて、菓子折を持って訪ねてみれば、神経質そうな若い男が、天井を見上げて薄笑いを浮かべていたのだった。

「俺《おれ》んち、ここに布団敷いてたんだけど、ちょうど頭んとこがべちゃべちゃになっちゃってね。どうしようあれ。俺今日、どうやって寝ようかな」

スミマセンデシタ、と立場上頭を下げると、男は、ま、しょうがないっすよ、こういうのは、と案外あっさり言った。

そのときの男の応対が、人並み外れて変だったわけではない、と、あかりは言う。ただ、見た目がね。それと天井の絵がね。ちょっと変わってたのよ、と。

男はがりがりに痩《や》せていて、肩までの髪を額の真ん中で分けていて、その髪にはおそらく天然のウェーブがかかっていた。目が窪んでいて大きく、鼻が尖っていて、唇が薄く、なんだか鳥のような顔をした人だと、あかりは思った。

幸いなことには、水漏れ被害は電気系統には及んでいないという話で、とりあえず下の階の天井にいやらしげなシミを残して終わった。

男は、とくに騒ぎ立てもしなかったので、あかりは自分の部屋のフローリングマットと水をふくんだ畳を取り去り、ほんとうのフローリングに床を張り替えて、それでこの一件は終わったことになったのかと思っていた。

ところがリフォーム工事が入ったその日の夜にピンポンと呼び鈴を鳴らす音がして、玄関に出ると下の階の男が、鼻の頭を掻《か》きながら立っていたのだ。

「浅沼です。こないだはどうも」

と、男は言った。

「どうもすみませんでした、先日は」

しかたがないのでそう謝ると、アサヌマ、と名乗った若い男は、いきなり友達のような口調になって、床ちょっと見せて、と言って、部屋にずかずか入ってきた。

考えてみればそんなところからして、どうもおかしかったと、あかりは言う。けれどもそのときあかりは動揺していて、男の怪しさについてはあまり頭を働かせなかったのだと。

男が床を張り替えたばかりの部屋に入っているすきに、あかりは大急ぎで財布から二万円を抜き出し、ちょっと考えて一枚を財布に戻して、一枚を白い封筒に入れた。損害賠償請求をしないからといって、菓子折ですませようと思うのが間違いで、ひょっとしたら布団を買いなおすことになったのかもしれない下の人には、それなりの何かをすべきだったと、そればかり考えていたというのだ。

「あの、バタバタしてたので遅くなってしまいましたが、これ持って下に伺おうと思ってたところだったんです」

名刺を出すような姿勢で白い封筒を突き出したが、男は勝手にベッドに座り込んで窓の外を見ていたそうだ。

「いいなあ。一階上だと、隣の建物が邪魔しないんだ」

感心したように浅沼は言って、振り返って封筒を持ったあかりを見上げると、なんだよ、いいよ、そんなの、と、またひどく親しげな口調で言った。

この日の男の服装はよく覚えている、とあかりは言う。ニットの帽子からはみ出した真っ黒で少し縮れた髪が、ことさら肌の色を白く見せていた。耳にはピアスをして、黒いタートルネックのカットソーに同色のポロシャツを重ね着して、カーキ色のワークパンツを穿《は》き、足元は迷彩柄のキャンバス地スニーカーだった。ごつさのない、細い白い指にもシルバーのリングがはめられていた。

おかしな服装ではなかったのよ。よく似合ってはいたのよね。嫌いなタイプじゃなかったの。服よ。あくまで服の話ね。

「俺たちさ、せっかくご近所だから友達になりたいとか思って。今日、もう飯とか食っちゃった?」

にこりともせずに男が言ったので、あかりはとっさに言葉が出てこずに、うん、うん、うん、とただ三回ばかりうなずいてみせた。

なんだ、じゃ、こんどまた、と男は言い、再度突き出そうとする封筒を、いい、いい、いらない、まじで、と突き返して出て行ったという。

それから何度か、あかりとその男は廊下や階段ですれ違い、そのたびに挨拶《あいさつ》を交わし、だんだん話しこむようにもなった。だから、そういう関係になっちゃったのも、べつに唐突ってわけでもなかったのよね、と、あかりは回想する。

ただ話し方がちょっとね、とあかりは言った。笑ったりとかしないのよ、いつも無表情で。だから鳥みたいなのよ。鳥みたいな表情でしゃべるのよね。

それでも何回か、飯食いに行こうよと誘われた。ある夜、帰宅したところをつかまって、明け方までやってる近所のカフェ風の店に連れて行かれて、そのままなんとなく酔っ払っちゃって、うちに来ていっしょに寝ちゃったのが最初よ、とあかりは言う。

男は浅沼真哉《しんや》という名前で、その後ずっとあかりはシンヤくんと呼び、あかりっちと呼ばれることになったのだそうだが、それは真哉があかりより五歳も年下の、二十一だと判明したせいらしい。まだ大学生で、副業というのだろうか、フライヤーを作ったり、絵葉書を作ったり、Tシャツをデザインしたりしていると本人は言っていたが、あまり金を稼いでいるようには見えなかったそうだ。

実際まあ、稼いでなんかいなかったわよね、と、あかりはちょっと不満そうにつけ足す。

だけどまあ、そのときはそれで、べつによかったわけよ。

翌日あかりは会社へ行って、新しい彼氏ができたことを同僚にほのめかした。

その半年ほど前に、婚約までしかけた人との仲が決定的にだめになり、動揺しまくった挙句《あげく》に、酔って泣いたり絡んだりしたせいで、同僚たちからは「あかり、もうちょっと気持ちの切り替え？　早くしたほうがいいと思う」とか「あかり、どんよりしすぎ。それじゃ男は引くと思う」などという、不快な評価を得ていたので、これでとうとう「かわいそうなあかり」を脱することができたと思うと、つい同僚にそのことを知らせずにはいられなかったのだ。

だってちょっと話し方が変な男なんて、世の中にたくさんいるわけじゃない。それに、この年になれば百パーセント完璧《かんぺき》な男がいないってことくらいわかってるしね、と少し照れたように、あかりは言った。

ところが、同僚に自慢した日に大急ぎで部屋に戻ってみると男はいなくて、階下の部屋にもいなくて、その後一週間ばかり、廊下で会っても「ああ」とか「ちっす」とか言うだけの、ひどくよそよそしい態度を取ったのだった。

すごく嫌な感じだったわよ。だけどまあ、なんていうのかしらね。一度寝たのがなんだみたいなことを言われるのもくやしいじゃない。だから、自分でもおかしいほどつんけんした感じになって、口利かなかったわね、そのときはね。それで同僚に「どうよ、その年下の子」と訊かれると、「うまくはいってるけどさ、やっぱ年下は気が利かないっつの？　つまんないね」とか言ったりしてたわけよ。

それでなんとか一週間を乗り切り、やっぱりこの男のことは一過性のものとして忘れて、早く他のを探そうと思っていた矢先、やはりピンポンとドアのベルが鳴り、真哉が拗《す》ねたような顔つきで立っているのを発見した。

ビールとか持ってんの。半ダースくらい。なによねえ、仲直りってことなの？　それもなんにも言わないのよ。鳥みたいな顔しちゃってさ。

あかりが真意を測りかねているうちに、真哉はまたずかずかと部屋に上がりこんだ。

「ちょっと待って。私、そういう友達づきあいしないの。このあいだはお互い酔っ払ってただけでしょ。ビールはいらないし、セフレとか、私、嫌だから」

「セックスフレンドのことをそういうふうに縮めて言うなよ。俺はなんにしても縮めるのが大っ嫌いなんだ。援助交際をエンコーって言ったり、就職活動のことを就活って言ったりするだろう。ああいうのがものすごく嫌なんだ。だいいち、なんだよ。そういうんじゃないだろ」

真哉が言い、二人はちょっと揉《も》みあうような形になった。

しかし結局は、なんだかまあいいやという気持ちになったあかりが部屋に真哉を入れてしまい、二人は缶ビールで乾杯したという。

「ところで、考えたんだけど、あかりっちと俺と、部屋を交換しない？」

「なに？」

「おもしろいと思う」

「いやだよ。そんなの。見られて嫌なものとかも、きっとあるよ」

「水あふれさせたのはそっちじゃん」

「関係ないじゃん、いまさら」

ね、そこんところが変でしょう、と、あかりは言う。なんで交換しなくちゃいけないのかわかんないでしょ、と。

にもかかわらず、その日あかりが浅沼真哉の部屋で一人で寝ることになったのは、酔っ払って聞いているうちに、なんだか他人の部屋を自分の部屋まがいにして一日交換してみるのも、スリリングでおもしろいような気がしてきたからだ。

じゃあね明日ね、ぜったいコンピュータとか触んないでよ、メールチェックとかしたら殺すから。私の下着とか着てみるのもなしね、と指差し確認しながら降りてきて、鍵《かぎ》を開けて真哉の部屋に入ったとたん、変な気持ちになったのは自分のほうだったと、あかりは言うのだ。

その部屋はあかりの部屋と、まったく間取りが同じだった。

だからなんだか他人の部屋のような気がしなかった、という。

どういうの？　夢の中かなんかで、自分の家とそっくりの他人の家に入り込んじゃうみたいなの、あるじゃない？　ちょっとあんな感じに似てたのね。

和室に入って敷きっぱなしの布団に寝転び天井を見上げると、あの裸の女の絵があった。水漏れの痕《あと》はシミになっていたが、濡れて垂れてきていたときほどの、猥雑な印象はなくて、むしろなんだか華奢《きやしゃ》な感じが、人というより妖精のように見えた。濡れてもにじまないところをみると、水溶性の絵の具で描いたのではないらしい。まるで天井が刺青《いれずみ》をしているように見えた。

部屋の中は、湿った革製品のような、男の匂《にお》いがした。

男の子の部屋って、みんな同じような匂いがするでしょ。ちょっと汗臭いような、そんな感じ。それで思い出したのよね。別れた彼の部屋とか、そこにいたときの感覚とか、あの部屋であったこととか、そんなこと。

壁際にはブロックの上に板を渡した簡単な棚があって、本やCDや雑誌や、展覧会のカタログが並んでいた。

あかりは起き出して、風呂場《ふろば》やトイレや台所を見て回った。

たとえばバスルームに女物のシャンプーがないかとか、寝室に髪を束ねるクリップが転がっていないかとか、そういうことだとあかりは言う。

いちおう点検したのよ。他の女の影がないか、みたいなこと。女は来ると跡を残さないじゃいられないもの。マーキングみたいなものよね。すぐわかるのよ、そういうことって。私はわかったの。あの人の部屋にいて。何度もそういうことがあったの。いちいち責めたてておけばよかったのに、そのまんま見過ごしてた。そのこと思い出したの。

たぶんその、匂いのせいで。

それからあかりは、少し声を落として言った。

そのうち見てみたくなっちゃったのよ、箪笥《たんす》の中とか引き出しの中とか。パソコンの中身とか。だってその部屋で私は一人っきりだったし、わざわざそんなことができる状況を設定したのは向こうなんだから、何をされようと文句は言えないでしょ。だってよく考えたら変じゃない。なんで部屋を交換するのよ。あっちだってやってるわよ、きっと、と思ったわけよ。

スチール製の脚に天板を載せた簡単な机の上とその前の壁には、真哉が描いているらしいイラストやフライヤーの類《たぐい》が貼《は》り付けられたり、無造作に重ねられたりしていた。棚から引き出したファイルの中からも、同じような絵が出てきた。立ち上げたパソコンの壁紙も、「1」とだけ書かれたフォルダの中身も、彼が描いている女の絵だった。

その絵の一枚一枚が、同じ女を描いているように似ていることに気づき、あかりはもう一度天井を見上げる。

もちろん天井の女もモデルは同じらしく、長い、まっすぐな髪と細面《ほそおもて》の顔、華奢な体をしていた。

あかりは棚の上に置かれた鏡を見た。長い、まっすぐな髪と細面の顔。あかりの顔が鏡に映った。

似てるなって思ったのよ、そのときね。私と天井の女が似てるなってね。まあ、あんなに細くも、目が大きくもないけど、そういうのはなんていうの？　デフォルメ？　ってやつじゃない？

そう考えると、どんどんいろいろなことが、わかってくるように思えたと、あかりは言う。

お互いに入居したのは水漏れ事件のずっと前だし、同じ階段を使っているのだから、以前から顔を見たことくらいあったはずだ。こちらでは覚えていなくても、彼が一方的に自分の顔や姿を記憶していた可能性は大いにあると、あかりは思ったのだ。

なんかわかるでしょう、そういう感じの人っているじゃない？

それであの男は、私が水をあふれさせたのをいい口実にして、私と関係を持つことを思いついたとか、そういうことじゃないかって。だって、すごく変だったもの。彼が私の目の前に現れた、その現れ方が。

そう言いながらあかりは、長いストレートヘアの端っこを指先でひねったり、放したりした。

ところがよ。

そう言って、あかりは言葉を切った。

翌日の朝になって、あかりは自分の部屋に帰り、寝ぼけ顔の真哉にさっさと帰ってくれと言い残して会社に行った。

同僚たちに、真哉のファイルのことは言わなかった。

どうして言わなかったのか、よくわからない。もっと決定的な証拠をつかんでからって思ったかもしれないし、単に言いたくなかっただけかも。だって、言って人に羨《うらや》ましいと思われるようなことじゃないじゃない？　友達に話して笑えるほど、楽しい話じゃなかったってことよ。

そして夜になって家に帰って鍵を開けると、そこにはまだ真哉が居座っていて、

「あかりっちと俺、今日も部屋を交換しよう。俺はなかなかこの部屋が気に入った」

と言ったのだった。

変でしょ。変だと思うのよ。私の裸を百枚描くほど好きなのに、なんで私を自分の部屋に追いやって、一人で私の部屋を占領するわけ？　おかしいでしょ。私ごと占領するのがほんとうでしょ。

そこからしてものすごく変だと思うわけよ。

そこであかりは「いやだ」と言った。昨日は酔っていたからまあいいような気がしたけれども、他人と部屋を取り替えるなんて正気じゃない。まったくやりたくない。ごめんだ、と。

「もう一日だけ交換しよう。それでなんとか決着をつけるつもりだ」

意味がわからないでしょ。何が決着なんだか。そのへんでもう私、この人、頭がおかしいのかなとは思ったのよ。

けれどもなんとなく言うことを聞いてもう一日部屋を交換した理由は、あかりが語ったところによると、「なんだか、かわいそうだったから」だそうだ。

だって例の、鳥みたいな無表情で、「一日だけ。それでなんとかする」って繰り返すんだもの。なんか、まあ、いいかと思っちゃったのよね。

だから、自分が彼の部屋で、もう一回いろんなところをひっくり返してしまったのは、もとはといえば彼のせいだと思う、とあかりは言った。自分としてはそうしないわけにはいかなかった。もし、もっと自分に関するもので、奇妙なものや、嫌なものが出てきたら、と思うと、気味が悪いながらに詮索《せんさく》せずにはいられなかったのだと。

その結果、あかりが発見したのは、写真だった。

押入れの中の収納ボックスに、黒い表紙のアルバムが何冊もねじ込まれていて、それを取り出して広げてみると、あきらかに隠し撮りをしたのだと思われる写真がきっちりと整理されて並んでいて、しかもそれが半年近くにも亘《わた》って、日付と場所までいっしょに記録されているのだった。

そして、その被写体は、長い髪をした細面の女性で、あかりとはまったく別人だった。

とても美しい女の人で、その中に一枚だけ、どうやら男性の腕のあたりを握っているように見えるものがあったが、片腕と腰の一部だけがフレームに切り取られたその男の人はどう見ても、真哉には見えなかった。真哉とその女性がいっしょに写っている写真は、ただの一枚もなかった。

そのとき唐突に何かが閃《ひらめ》いて、あかりは、猛然と一階上の自分の部屋に駆け上がったのだそうだ。

だって、ずっとおかしかったわけじゃない？　何か理由があったはずなのよ。私の部屋に上がりこんで、部屋を交換しようなんて言い出す理由が。それが急にわかったの。

玄関の鍵を開けると、部屋の中は真っ暗だったという。

大股《おおまた》で部屋の奥に進むと、わずかに開けられたカーテンの間を通して漏れてくる外の明かりが、ベッドの端に無造作に置かれた望遠レンズ付きのカメラを浮かび上がらせた。

あかりは電気をつけた。

ドラマの中の刑事になったみたいな気分だったわよ。ベッドに近寄って、へこんでしわになった部分を触るとなんとなくあったかいの。ああ、さっきまでここにいたんだって、わかったのよね。

「一日だけ。それでなんとか決着をつける」

脳味噌《のうみそ》の少ない鳥のような顔をして、そんなことを言った真哉の表情を、あかりは思い浮かべた。

決着って何？　あの人、何する気？

浅沼真哉は、あかりが部屋を出た三十二分後に、二ブロックほど東にある高層マンションの前の芝生の上で逮捕された。その高層マンションには、あの、長い髪の華奢な女性が暮らしていたという。誰かにつきまとわれて、写真を撮られている気がすると、以前から女性は警察に届けを出していた。何をどうやって決着しようと思ったのか、真哉はあの日、同居人がいないことを確かめてから、その彼女に初めて会いに行ったのだった。

おそらく彼自身が書いたシナリオとは全然違う形で、とにもかくにもこの件には決着がついた。真哉は「二度と彼女には近づかない」という誓約書を書かされ、不起訴処分になった。

知り合ったのは十九のときだから、もう三年目だ、と真哉は告白したそうだ。

そのときは結婚しているなんて知らなかった。アルバイト先の、フライヤーを届けている小さな事務所で働いている、年上の女性だった。何回か声をかけようと思ったのに、何も言えなかった。そのままにしているうちに、彼女は退職してしまった。それからずっと、その人のことが好きだった。事務所の古い名簿をこっそり探し出して、住所と電話番号を調べた。

何回か、電話もかけたけれど何も話せなかったと、真哉は鳥のような表情で言ったという。そして家の近くまで行って、こっそり写真を撮った。何枚も、何枚も。界隈《かいわい》をうろついているときに、不動産屋の店頭でこのアパートの一室が賃貸に出されていることを知った。彼女のマンションのすぐ近くだったので、とりあえず部屋を見に行くことにした。

東向きの六畳間の、ガラス窓の向こうに、彼女の住んでいる部屋が見えた。場所がわかっただけだったら、ここに移り住もうとまでは思わなかっただろうと、真哉は言った。けれど、部屋には長い髪の彼女がたしかにいて、窓辺の植物に水をやっている姿が、遠くからも見えた。望遠レンズがあれば、かなりはっきりと彼女の表情をとらえることができるだろう、そう思うと、ひどく興奮した。

部屋の契約をその日に済ませ、引っ越してくるのは簡単なことだった。大学なんて、行ったって行かなくたってそうたいしてかわりはしないのだから、部屋に閉じこもって女の挙動を日がな一日眺めている時間には困らなかった。

「困ったのは、向かいに建物が建ってからだ。いまどきの安アパートが一ヶ月でできあがるなんて、知らなかったよ」

と、真哉は言ったそうだ。

あかりと真哉の住む建物と、長い髪の女のいるマンションの間には、数軒の民家が建っていたが、みんな背の低い一戸建てだったから、真哉の部屋から覗《のぞ》き見をするのに邪魔になることはなかったはずだった。

ところが昨年の暮れに、そのうちの一つが小さなアパートに変わって、真哉の視線を遮ったのだ。

彼女を見つめることができない、という思いに悶々《もんもん》としていたころに、天井から水が降ってきた。真哉が描いた裸の彼女から。蜜のような雨。もう一階上からなら、彼女の部屋が見えるかもしれないと思ったという。

翌日の夜になってアパートへ戻り、部屋にいたあかりの顔を見ると真哉は、

「俺は、おかしい。病気なんだ」

と、つぶやいた。

「まあ、おかしいか、おかしくないかで言えば、やっぱりおかしいと思うよ」

と、あかりは答えた。

嵐《あらし》の中を飛んできて、もう立ち上がれないくらいに疲れてしまった鳥のような顔をしていた。一階上の自分の部屋に帰らずに、真哉と二人でぼんやり時間を過ごした理由は、

「なんだか、かわいそうだったから」だと、あかりはもう一度同じ言葉を使った。

「あそこに、あの女の人が住んでるんだね」

天井を見上げてそう訊くと、真哉は何も言わずに目を逸らした。

「俺、きっと病気なんだ。ある種の人格障害だと思う」

浅沼真哉はつぶやいた。

「なにそれ？」

「しばしばストーカー的な行為をしたり、自傷、自殺に結びつく衝動も多い。セックス依存など、依存症のケースもある」

まるで他人のことを話しているように、真哉は解説してみせた。

「自傷、自殺未遂の経験は？」

「ときどき、死にたくなる。いまなんか、けっこう死にたい」

「それはすごくふつうのことなんじゃないの？　誰だってそうでしょ。ときどき死にたくなるでしょ」

「現実、または想像の中で、見捨てられることを避けようとする常軌を逸した努力っていうのも特徴なんだ。俺はものすごく、見捨てられることが怖い」

「でも、相手はあんたのこと知らないんだから、見捨てる以前の話じゃないの？」

「そういう考え方はしないんだ。想像の上では俺とあの女《ひと》はもうすでにものすごく親密なんだから、見捨てられたくないんだよ」

「誰だって、誰かに見捨てられるのは怖いよ」

「そして、あの女《ひと》を理想化したり、こきおろしたりの、両極端の感情が常に俺の中にうごめいていて、どうしようもないんだ」

「そんなこと、好きになっちゃってたら、よくあることよ」

「俺は、自分自身がなにものだかわからなくなるんだ。自己像の不安定さも、この病気の特徴だ。それから感情の不安定性。気分のアップダウンが激しすぎる。慢性的な虚無感もある。怒りを制御するのが難しい。俺のことを言ってるみたいだと思わないか？」

実を言うと、それは全部自分のことを言われているみたいだと、あかりは思ったのだと言う。

よく、ああ死んじゃいたいって思うし、婚約寸前に別れた彼のことは最高だと思ったり、クソ野郎だと思ったりの繰り返しだった。彼から別れ話を切り出されたときは怒りを制御なんてとてもできなかったし、それ以後は慢性的な虚無感に支配されている。

「見捨てられた」という思いが胸を圧迫していて、自分自身がなにものだかよくわからない。男の人の部屋に入り込むと、何かがとりついたみたいに、女の影を探さずにはいられなくなる。

「それは立派な人格障害だな」

まっすぐあかりを見つめて、真哉は言い放った。

「俺と同じ病気なんだ」

それからどうなったの？

それまで静かに隣で話を聞いていた年下の女性が、思わずそう口にすると、あかりはゆっくりと腹のあたりを撫《な》でながら、つき合い始めたの、と言った。

えーっ？　まさか！　素《す》っ頓狂《とんきょう》な声を、若い女は出した。いつのまにか部屋中の女性が——そしてその部屋にはじっさい、女性しかいなかったのだが——全員、聞き耳を立てていたので、声を上げはしなくても息をのみこんだのが数名いた。

あかりは長い髪をくるくると後ろで束ねたり、放したりした。

「この年になるとわかるじゃない？　たいていの人が、少しずつ変だわよ。百パーセントまともだなんていう人のほうが、気味が悪いわ。お互いにお互いのわけわからない変なところを、許して生きていけるならいいんじゃないの？」

そう言うと、あかりは悠然と笑ってみせた。

「浅沼さん、浅沼あかりさん」

白い制服を着た女性が、ピンク色をした清潔なカウンター越しに名前を呼ぶ。

「はい」

と返事をして、せり出したおなかをいたわるように片手を当て、もう片方の手をソフアの肘掛《ひじかけ》について浅沼あかりは立ち上がった。

若い妊婦に小さく手を振ると、カウンターで代金を払い、母子手帳と診察券を受け取って、あかりはゆっくりと自動ドアを抜け、産科医院を出て行った。

# ポジョとユウちゃんとなぎさドライブウェイ

ポジョというあだ名がついたのは、小学校のころのことで、苗字《みようじ》の「本間《ほんま》」を「ぽんま」と読んだ子がいたことに由来するところまでは本人も覚えているのだが、「ぽんま」の「ぽ」だけが残り、その後に「じょ」がついた経緯《いきさつ》を、すっかり忘れてしまった。誰《だれ》かがいつだったかに呼び始めて、それがそのまま定着したのだった。

ポジョが生まれ育ったのは、東京都内でもっとも山梨県に近い都下八王子《はちおうじ》で、一昨年《おととし》に家から徒歩十分の高校を卒業後、アクアビクス・インストラクターの資格を取って、そのまんま地元のスポーツクラブで働いている。

実家を出ることもなかったし、高校のときからつきあっていた繁《しげる》とは去年の夏に別れてしまい、その後、残念ながらボーイフレンドもいない。ぱっとしないといえばぱっとしない十九歳の日々ではあるけれど、世の中そんなに「ぱっとした」人ばかりでないことを知っているポジョは、とりたてて焦ったりもしていなかった。

教室に来るのは、中年太りや運動不足から来る腰の痛みなどを気にしているママさんたちがほとんどだ。だから、アクアビクスのときにかける曲も、トランス系やヒップホップみたいなのではなくて、クイーンなんかを選ぶようにしている。

そんなのどかな日常に、とつぜんユウちゃんから電話がかかってきて、旅行に行かないかと誘われた。三泊四日で、高山《たかやま》と金沢《かなざわ》と能登《のと》を車で回るのだそうだ。

ユウちゃんとは、いっしょに、八王子の私立女子高に通っていた。じつは、その前の、八王子の公立中学も、小学校も、陣場《じんば》の里すみれ幼稚園もいっしょだった。

だからといって、二人の仲がものすごく良かったというわけでもない。

高校時代のポジョの仲良しは、むしろ水泳部のハタコやシカバラだった。ハタコとシカバラとポジョが、地下一階の温水プールでバタフライの練習に明け暮れていたころ、ユウちゃんは、ジュリやおりりんといっしょに、スカートをおなかのところでくるくる捲《まく》り上げて渋谷や代官山《だいかんやま》で遊んでいた。

ユウちゃんは卒業すると、短大に進学した。夢はキャビンアテンダントになることだ。だから、いま、短大の二年生で、もしかしたら必死で就職のことを考えなければいけないはずであるのに、そこらあたりはごまかして四年制への編入などを画策しているらしい。

ところで、なぜユウちゃんがその夏、ポジョを旅行に誘ってきたかといえば、彼氏といっしょに行くはずだったのが、直前になってダメになったからである。

「ねえ、行こうよ」

と、ユウちゃんは言った。

「みんなに行くって言っちゃったんだから」

それが理由かよ、とポジョは思う。

こういうときに、ユウちゃんがジュリやおりりんや短大の友だちを誘わない理由を、ポジョはなんとなく知っている。ユウちゃんは小さいころから変わらない。新しい彼氏ができるまで、できるだけ誰にも、前の彼と別れたことを言わないつもりだろう。そして、新しい恋が始まったら、前の彼は自分からポイ捨てしたように言う。

「だけど、休みが取れないよ。夏休みは、稼ぎ時だもの」

そう言うと、ユウちゃんは拗《す》ねて、

「たったの四日、取れないなんてはずないじゃん」

と怒る。

そこで、ポジョががんばって取った夏休みは、すべてユウちゃんとの金沢行きに捧《ささ》げられることになったのだった。

しかもよく聞けば、旅行はポジョの運転するスズキの軽《けい》で行くという。

家にはお父さんが会社から借りているマークⅡのほかに、ポジョ専用の軽自動車がある。起伏の激しい八王子市内の通勤と、お母さんの買い物に便利だからと、今年になって家族で購入した。

「あたしも運転は代わるから」

そう言うけれど、ペーパードライバーのユウちゃんにハンドルを握らせるのは少しおそろしく、結局一人で運転することになるだろう。

「ドライブ計画は立ててあんの」

ユウちゃんは、鼻先に地図を突きつけた。

中央道を長野方面に行って、松本から国道158号に入り、まず飛騨《ひだ》高山に行く。そこで一泊する。翌朝は早くに出て、世界遺産・白川郷《しらかわごう》を経由し、金沢へ向かい、そこでまた一泊。それから能登半島へ行って、輪島《わじま》のあたりで一泊して朝市を見て、千里浜《ちりはま》という車が走れる砂浜をドライブして、そこからは北陸道から長野道を経由して中央道で一路八王子まで戻ってくる。

ドライブ旅行の目玉は、なにがなんでも「千里浜なぎさドライブウェイ」なのだそうだ。

「八キロの白い砂浜が続くんだって」

興奮気味に語るユウちゃんを見ていると、そのロマンチックな白い浜辺で、彼氏の運転する車の助手席に座って、ふわーっと髪をなびかせるユウちゃんの姿が目に浮かんだ。

「いいよ。じゃ、行こう」

と、ポジョが決意して言うと、ユウちゃんは、ワーと叫んでパチパチ拍手をした。

この人は、美人で、ちょっと強引で、一見モテるくせにすぐ振られてしまう。その理由も、わからなくはないのだが、ポジョは彼女のことが嫌いではないのだった。なにしろ十九年間の人生の、八割くらいはいっしょに過ごしてきたのだから。


決行の朝は、よく晴れて、暑くなりそうだった。

ユウちゃんは、大きな荷物とともにポジョの家にやってきて、それではお父さんお母さん行ってきますと、挨拶《あいさつ》をした。ユウちゃんが美人なので、出勤前のお父さんは玄関まで見送りに出てきてうれしそうな顔をしていた。

八王子インターから高速に乗って、二十分も走らないうちに旅行したような気分になってくる。このあたりで育ったポジョでも、山に囲まれると気持ちがいいと思う。そこで、やっぱり来ることにしてよかったな、誘ってくれてありがとう、などと思って横を見ると、ユウちゃんは難しい顔をして携帯の液晶画面を見つめている。

「こない」

しばらくして、うなるようにつぶやいた。

「なにが？」

「メール」

「誰から？」

「たけし」

たけしというのが、このあいだまでつきあっていた彼氏だと、ポジョは知っていたので、なんと声をかけたらいいかわからず、ひたすら前を向いて運転を続ける。

「ばかやろーって、打ってみようかな」

ユウちゃんは冗談みたいにして言いつつ、きれいに整えてネイルアートした右手親指で、ピピピピと文字を打つ音をさせた。

「やめなよ」

「あ、送っちゃった！」

横で、にかーっと笑う顔が、ちらっと目に入った。

この日、そんな感じでユウちゃんは、「ふざけんな」とか「いいかげんにしろ」とか「トーフにあたまぶつけろ」とか、どうしたもんだか「インポ」などというのまで送ってしまった。送信してから二、三十分も経《た》つと、「こない」が始まってしまい、それから「打ってみようかな」「あ、送っちゃった！」を繰り返したのだった。

ああ、こんなメールが一時間ごとに来てごらんよ、うまくいくもんも壊れるから。

恋愛経験ではユウちゃんにかなわないということになっているポジョは、横で気を揉《も》んだが、しばらくして、心配するのをやめた。

相手は、きっととっくに、着信拒否をしているのだろう。

車は順調に西へ向かい、勝沼《かつぬま》とか、甲府《こうふ》とか、ぶどうや桃がおいしそうなイメージの地名を通過して、長野県に入った。

「すがすがしいよね」

諏訪湖《すわこ》の近くのサービスエリアでトイレ休憩をしたときに、ポジョはなんの気なしにそう言ってみたが、ユウちゃんの現在の心境と、これほど遠い感慨もなかったかもしれない。

とにかく一日目はがんばって高山にたどり着くべきだとユウちゃんが言うので、松本で高速を降りると国道に入った。

「ねえ、ユウちゃん、ここ野麦《のむぎ》街道だよ」

「なにそれ」

「『あ、野麦峠』だっけ、中学のとき習ったじゃん。貧乏な娘が野麦峠を越えて工場に働きに行って死んじゃうって悲しい話」

「そんな暗い話、覚えてねー」

トンネルの多い国道に入ってから、やっとユウちゃんは携帯をいじるのをあきらめた。

それから、なにを思ったか上体を反らせて伸びをするような姿勢を取り、

「死にてー」

と、言った。

気まずい沈黙が流れた数分後、きっちりとしたスーツを着て、外国に行くときのようなキャスターつきスーツケースを携え、親指を突き出している三十代くらいの男を、ポジョは目にした。

「ね、あれヒッチハイクかな？」

「知らん」

そう、不機嫌なユウちゃんは言った。ポジョは速度を落として車を止め、バックして男の前に戻った。

「なによ、なに？　なにやってんの？」

叫ぶユウちゃんを横目に、ポジョはウィンドウを下ろした。

「どうかしたんですか？」

男があまりにきちんとした格好をしているので、よほど困ってヒッチハイクをしているのだろうと思ったのだ。

「あんた、自分がなにしてるか、わかってんの？」

目を剝《む》くユウちゃんを無視して、男を後部座席に乗せてしまったのは、このスーツを着て眼鏡をかけた身だしなみのいい男性が、やはり「高山へ行く」と言ったからだ。

「だって、悪そうな人には見えないじゃないの」

乗せてあげた理由を、そう説明しても、ユウちゃんは変な顔をしっぱなしだった。

「私の服装を見て、これは害のない人物に違いないと判断されたのは、正しかったと思います」

後ろの席の男はそう言った。

「まさに、そのような好意的な対応を得るために、私はこうした服装をしているのです。少しだけお金がかかりますが、スーツケースにはもう一着スーツが入っていまして、旅先では必ず、クリーニングに出してアイロンの線をつけてもらっています」

「お仕事はなんですか？」

ポジョはバックミラーをちらっと見た。スーツを着ているからには、ビジネスマンだと思ったのだ。

「詩人です」

男はそう答え、意表をつかれたことからくる沈黙が、車内に流れた。

「高山へはお仕事じゃないんですか？」

「詩人の仕事とはなんでしょう？」

ポジョの思い切った質問も、その、男の問い返しのような妙な言葉でかわされ、しかも男がそれこそなにかを朗読するような口調になったので、ポジョも、もしかして、この人を乗せたのは失敗だったのかなと考えた。

それからまた男は、さらさらと流れるような口調で話し始め、高山に着くまでの間、ほとんど一人で語っていた。その間、ポジョは運転し、ユウちゃんは寝ていた。

男がほんとうに詩人なのかどうか、ポジョにはいまひとつ確信がもてなかった。

「私は、人生のほとんどを旅に費やしています。放浪詩人なのです。それを聞くと人々は、『これまで行った場所でどこがいちばん好きですか?』などと、愚にもつかないことを訊《き》きます」

まさにその、「愚にもつかない」ことを訊《たず》ねようとしていたポジョは、黙って言葉を飲み込んだ。

「たいていの人は、旅について誤解しています。どこへ行ったのか、なにを見たのか。そんなことは、旅にとって重要ではないのです。ふと、記憶の中を探って、その断片を探り当てたときに、ああ、これこそが旅だったと思わせてくれるものは、風のそよぎ、土の香り、身に降り注ぐ日差しの温かみ、そういうものです。人との会話だと言う人もいるかもしれません。しかしどうでしょう。私は誰とどんな会話を交わしたかよりも、そのときの匂《にお》いや温度のほうを、よく覚えていますよ。そして、そういったものを、旅の中でなによりよく感じるためには、私は散歩の途中の昼寝がもっとも適していると思っているのです」

「昼寝？」

　ポジョは運転しながら繰り返した。ユウちゃんと違って、寝てしまうわけにはいかなかったし、耳に入ってきた言葉は、なんだか妙に思えたからだ。

「ええ。昼寝です。私はそのような考えから、旅先では必ず、戸外で昼寝をすることにしているのです」

「昼寝？」

　こんどは、自分の聞いたことがほんとうであるか確かめるように、ポジョは再び言った。

「旅先で昼寝をするには、こつがあります。まず、きちんとした服装をしていることです。ヨレヨレのものを着ていたり、襟元にアカ汚れが目立ったり、靴が土ぼこりで曇っていたりしてはいけません。これは、旅そのものとは関係のないことですが、いわば身を守るための策と言うべきでしょう。というのも、私は公園で寝ることが多いものですから、あまり汚い格好をしていると、襲われる危険があります。ホームレスの男性を襲うなど、まったくけしからん話ですが、そうは言っても、多少金銭があるなら、自衛できるところは自衛せねばなりません」

「公園で、寝る？」

「それ自体は、珍しいことではありません。お昼休みのサラリーマンは寝ますし、ホームレスも、自転車で旅をしているバックパッカーも寝ます。ただし、私のように、散歩の途中の公園で寝ることに熟練したものは、寝る公園をたしかな目で選ぶのです」

散歩の途中の公園で寝ることに、熟練も何もあるのだろうか、という疑問がポジョの頭をよぎったが、男は話し続けた。

「できれば公園は人の目の多い、手ごろな広さのものがいいでしょう。午後になると子どもを遊ばせる母親が集うようなところは魅力的ですが、狭くてはいけません。寝ているこちらが目立ってしまうからです。ある一定の広さ、一定の人がいることがたいせつです。そして可能なら、公園を守るセキュリティーガードのような人がいるほうがいいですね」

「それも、自衛のためですか？」

「まあ、そういうことです。ヨーロッパの都市などになりますと、住宅街のほどよい大きさの公園などにも、警備員がいます。こういうところですと、ぐっすり、気持ちよく眠れます。私は荷物を、自転車につける丈夫なワイヤーの鍵《かぎ》でベンチに留めてから寝るようにはしていますが、警備員の目の前でひったくりをする度胸のある人物は、いませんからね。現地の家族が多い公園で、日本人の男が一人、ベンチで転がって寝ていれば、不審に思われることもありそうですが、そこがそれ、この気を遣った身なりが役に立つのです。仕事の合間にちょっと休んでいるように見えますから」

そうとも思えない、とポジョは感じたが、公園で昼寝をするのは、たしかに気持ちいいかもしれないと、男の話を聞いているうちに、思えてこないこともなかった。

「高山には、いい公園があるんですか？」

そう、ポジョは質問してみた。

「そうですねえ、まあ、ありますね。どこの国でも、観光地の公園は悪くありません。必ず人がいるし、公園を管理する人物もいますから。しかし、地方の公園ともなると、だだっぴろくて、そのせいでかえってひっそりしてしまうものもありますから、ここが選びどころです。高山でのお勧めは、城山《しろやま》公園の中の、二の丸遊園地、金森長近《かなもりながちか》像の前のベンチあたりですね」

「そこまで指定しますか」

「ええまあ」

バックミラーの奥で、男はちょっと得意げにした。

がんばって走ったから、高山にはお昼過ぎに到着して、男は「公園での昼寝のよさ」を強調して、お礼を言い、どこかへ消えて行った。

去り際に、

「ほんとうに詩人さんなんですか？」

と、ポジョが訊くと、

「詩人です」

と言ったので、

「それじゃあ、詩集とか出てるんですか、探してみますからお名前を」

と、水を向けてみたのだが、男は答えずに、

「ほんとうは富山大学出身なんですが、イェール大学出の詩人ってことにしときましょうよ」

と言って去って行った。

ポジョにはまったく意味がわからなかった。

昼寝のおじさんと別れると、二人は車を駐車場に入れ、ランチをとることにした。

あんなの、なんで乗せたのよと、ユウちゃんは寝ぼけた目をこすりながらも不機嫌そうだった。

「後ろから首絞められて、金出せって言われたらどうしようかと思ってたよ」

それにしちゃあ、よく寝てたね、とポジョは思ったが、気を悪くするかもしれないと思い、口に出すのを控えた。

ユウちゃんは、気を取り直してポシェットの中をガサゴソ探し、

「ラーメン、ラーメン」

ピンクのノートを取り出して、そう言った。

ノートはちょっとヨレヨレしていて、それこそどこかでラーメンのしみでもつけたかのように茶色の模様がついていて、ネイルアートに使うシールが貼《は》ってあった。その中には、旅のルートや計画が、細長い字で詳細に書かれてあるらしかった。

「高山のラーメンは、ちぢれ麺《めん》で、スープもしょうゆ味で本格派なんだって」

そう言うユウちゃんは、得意げだった。

得意そうであればあるだけ、ポジョは、彼女がこの旅に懸けていた思いをひたひたと感じざるを得ないことになり、ピンクのノートに詰め込まれた、「彼といっしょの旅」への期待感に、胸をふさがれるような思いがした。

だって、やっぱりユウちゃんは、ほんとは彼以外の人間と来たくはなかったはずだ。別れた彼がどんな男だか知らなかったし、別れた理由も聞かされていない。でも、ユウちゃんとは長いつきあいだから、なにが起こったかはわかるのだ。

ユウちゃんはしっかりきっちり計画を立てて、「中華そば」の暖簾《のれん》がかかった、創業五十年の老舗《しにせ》ラーメン屋に連れて行ってくれた。その前に、「ラーメンはちっちゃいサイズだからだいじょうぶ」と言って、駅前で「牛玉焼き」を食べることも忘れなかった。

小ぶりの鉢で出されたラーメンをつるつる運びながら、

「うまいね」

と言うユウちゃんは、鼻の頭にうっすら汗をかいて、うれしそうに笑ってみせた。

このかわいい笑顔だって、ほんとは彼に見せることになっていただろうに。

腹ごしらえを終えて、二人は、さんまち散策に繰り出した。古い木造の街並みが残る通りを歩きながら、ポジョが、

「すごーい。日光江戸村《にっこうえどむら》みたい」

と言ったら、ユウちゃんは、

「あんたは、バカか」

と鋭い目で睨《にら》んだ。

「江戸村と高山じゃあ、シンデレラ城とロワール城くらいの違いがあるわ」

ユウちゃんが、そんなに歴史や名所旧跡に詳しいとは思われなかったが、さすがに根《こん》をつめて予習した旅行ルートだけに、見る前から愛着があるようだった。

次に行った「高山陣屋」でも、

「ここがお白洲《しらす》、ここが年貢米の蔵」

と、いちいち鼻高々に説明してくれる。

ユウちゃんは、「高山陣屋」から出てくると、

「だってさあ」

と、しゃべり出した。

「古都とか世界遺産が好きってタイプだったんだよ。日本で行ってないのは、知床《しれとこ》と白川郷だけだっていうからさあ。あたしは、そこがいいと思ったの。世界遺産好きなとこが。軽くないじゃん。骨太っていうの？」

二人っきりになって、ちょっと時間が経つと、ユウちゃんはぽろりとほんとうのことを話し出す。前からそうだった。そして、小学校のときからずっと、ユウちゃんは惚《ほ》れっぽく、惚れると一途《いちず》で、相手の男のどんな趣味でも好きになった。

一輪車が得意のマーくんを好きになったときは、告白する前に、近所の駐車場で必死に一輪車の練習をして、やっと乗れるようになってから「好き」と言ったけど、二週間くらいで恋愛のほうがコケた。

きっと今回も、相手の盛り上がり方がまだ不安定な時期に、がんがん先回りして計画を推し進めたんだろう。ユウちゃんの押しの強さに辟易《へきえき》した男が、ちょっと目移りして他の女の子に手を出すと、それを知ったユウちゃんが爆弾を落っことして、自らも地雷を踏んだとか、そんな経緯《いきさつ》に違いない。

のんびりと道幅も広いし、高層建築もあまりないし、空が広く大きく見える通りを山に向かってドライブして、二人は美術館にも行った。

泊まったのは市内の安めのビジネスホテルで、荷物を置くと、もう一度ラーメンを食べに外へ出た。

「また、ラーメンなの？」

ポジョは、疑問を口に出したが、

「食べ比べるの！」

と、ユウちゃんは断言した。

食事から戻ると、運転と観光でちょっと疲れたから、先に寝るね、とポジョは言い、シャワーを浴びるとベッドにもぐりこんだ。

ほんとうに、かなり疲れていたから、あっというまに眠ってしまった。

だから、その間、ユウちゃんが何をしていたのだか、よくわからない。

ふと目が覚めて、横のベッドを見たら、ユウちゃんは泣いていた。

「嫌いなんだって、あたしのこと」

慌てて起き出したポジョのほうを見ると、そう言って、肩で大きな息をし、ほろほろほろっと涙をこぼし、指でそれを拭《ふ》いた。そして、また、

「嫌いって、言うか、ふつう」

と、小さな声で言った。

「バカなんだよ、そいつ。ユウちゃんを好きじゃないなんて大バカ」

ポジョは、ほかになんと言ってなぐさめたらいいか、わからない。

「いまごろきっと、そのバカは、後悔してるよ」

「いや、してない。あたしの後輩のバカ女と寝てるよ」

ミもフタもないことを、ユウちゃんは言った。

どうしてユウちゃんには、こういうダイレクトな失恋が降ってきてしまうのか、ポジョにはよくわからない。

ユウちゃんは、さまざま欠点はあれ、ぜんぜん悪い子ではないのに、近づく男は、たいていい彼女にひどいことをする。連絡が取れなくなって、ユウちゃんが半狂乱になっていたら、なんにも言わずに引っ越しをしてほかの女の子と住んでいたやつもいた。五十万の借金の返済をさせる期間だけ彼氏面をしていたのもいた。

お願いだから、ユウちゃん、そんなに傷つくような恋愛をしないでくれ、と、ポジョは思うのに、その願いはけっして聞き届けられることがない。

ポジョはパジャマのまま、するりと自分の寝ていたベッドを抜け出し、ユウちゃんの隣に腰かけて、友人の肩を抱いた。

なにか声をかけようと思ったが、不思議なことに、言葉の代わりに涙が出てきた。

二人はしばらく、高山のビジネスホテルのツインルームのベッドの上で、ぽろりぽろりと涙をこぼした。

「寝るか」

と、ユウちゃんが言ったので、

「おやすみ」

と、ポジョも言って、とうとう二人とも眠りについた。


翌朝も晴天で、ユウちゃんのピンクノート計画に従い、二人はまず朝市に出かけた。

気持ちのいい夏の空気の中、

「まず、牛乳」

という、ユウちゃんの指示に従い、二人は並んで青空を見上げながら、飛騨牛乳を飲み、それから、おばちゃんたちが台にぺたぺた食品を並べて売っている屋台を、端から端まで見てまわった。

ポジョは東京に持ち帰るお土産を探した。ユウちゃんはてきぱきと野菜やお味噌《みそ》を買い込んだ。朝ごはん代わりに、車の中で食べるのだという。

昨日泣いたユウちゃんは、朝になると元気で、助手席に座って大きな声で自作の調子っぱずれな歌を歌い、新鮮なきゅうりにお味噌をからめては、運転中のポジョの口の前に突き出して食べさせた。

「キュ・ウ・リ・ハ～、ウマ～イ～、ウ・マ・マ・マ、ウ・マ・マ・マ・マ、キュ・ウ・リ～、イエイ」

と、ユウちゃんは歌った。

白川郷に到着すると、ユウちゃんは目を細めた。

「ほおー、これが世界遺産というやつですか」

世界遺産好きのたけしのことを思い出して、また泣いてしまったらどうしようと不安だったポジョは、少し安心した。

荻町《おぎまち》駐車場に車を置いて、合掌造りの家「和田家《わだけ》」の中に見学に入った。

ユウちゃんは、例のにわか勉強をもとに、ノートを見ながら解説してくれていたが、それがどこかの時点でぴたりと止《や》んで、スーハーと息をする音しか聞こえなくなった。

説明がうるさくてかなわん、くらいに思っていたポジョは、黙ってくれたのを幸いに、自分のペースで見学を開始したが、しばらくして見回すと、ユウちゃんがいない。

あれ、どこに行ったんだろうと引き返し、そこでポジョはびっくりする光景を見ることになった。

ユウちゃんが、バックパックを背負った外国人の男に、ガイドまがいの仕事を買って出ているのだった。

「ガッショーヅクリ　イズ　ワン　ノブ　ザ　トラディショナル　ジャパニーズ　なんちゃらかんちゃら」

と、ユウちゃんは英語で話している。

たいしたもんだわと、ポジョは思った。

ユウちゃんは、キャビンアテンダントを目指しているだけあって、語学にだけは熱心だった。彼女の目はきらきら輝いていて、昨日の泣いた目とはぜんぜん違った。

ああ、始まった、とポジョは直感した。

目が合うと、ユウちゃんは駆け寄ってきて、頰《ほお》を紅潮させて耳打ちした。

「あの人、金沢行くんだって。乗っけてく？」

ポジョはちょっとだけ憂鬱《ゆううつ》になった。けれども、泣かれたり、バカヤローメールを送り続けるユウちゃんを見るよりはましだとも思った。

こうして、二人とアメリカ人のピートは、金沢行きドライブをスタートした。


ユウちゃんは、ピートを後部座席の奥に押し込み、まるで自然の摂理に従って水が流れるみたいな感じでするりとその隣に座った。

「オー、グレート！」

ポジョが車の冷房をオンにすると、奥のでっかいアメリカ人がおおげさにフーフー息を吐きながら言った。

それから、後部座席の二人は、英語でなにやら話し始めたが、ポジョにはユウちゃんの、「イエス、イエス」とか、「リアリ？」とか、「ミー・トゥー」とかいった言葉以外わからなくて、ピートがさかんに口にする、「くんぬざぅわー」が「金沢」であるとわかったのは、車がかなりその土地に近づいてきてからだった。

とうぜんのことながら、ポジョはだんだん不愉快になった。

後ろでは、ユウちゃんと外国人が、ポジョにはわからない言語で盛り上がっていて、助手席には、その外国人のバックパックが、おまえには俺《おれ》がいるじゃないかよ、くらいの堂々とした態度で、背をぴんと伸ばして座っているのであり、「音、少し絞って。英語に集中できないから」とユウちゃんが言うからCDの音はいつもより小さめで、ともかく、どっから見ても、自分はタクシー運転手のようだった。

なんだってこんなふうに、ここでハンドルを握っているのだろうか、とポジョは思った。

そもそもの始めから、旅行になど出るつもりはなかったのだが、ついつい失恋直後のユウちゃんに同情したのが失敗だった。しょせん、ユウちゃんが求めているのは、いなくなった彼氏の代用品なのだから、自分よりも男の人のほうがいいんでしょう、と思うとどうしてこんなところまでついてきてしまったのだろうと情けなく、小学校時代からの強引なユウちゃんのエピソードのあれこれを思い出したりして、どんどん腹に黒いものが溜《た》まっていくような感覚を持った。

だから、「くんぬざぅわー」に着いたころには、すっかり無口な女になっていて、これがますます、三人の関係を二対一にする働きを加速させ、挙句《あげく》にはユウちゃんから、

「ポジョ、具合悪い？　運転、疲れちゃった？」

と、訊かれるに至った。

「べつに」

答えると、ユウちゃんは、パッと表情を明るくして、

「よかったー」

とだけ言って、またピートのほうに走って行った。

もうちょっと、つっこんで心配してくれよ、とポジョは思い、座りっぱなしだったせいで汗をかいてちょっとかゆくなった腹を、こっそり、ポリパリかいた。

駐車場に車を置いて、兼六園《けんろくえん》に入り、「ビューティフル」や「インクレディブル」を連発するピートといっしょに、たしかに美しいはずの庭を見て回っても、ポジョの心はあまり冴《さ》えなかった。だいいち、夏の「くんぬざぅわー」は、暑いのである。

時々、ユウちゃんが目をきらきら輝かせて説明してくれるところによると、ピートは、これまで世界中のいろいろな国を旅して来た「ワールドトラベラー」なのだそうで、山岳地帯の旅や、アジアの秘境に詳しく、モンゴルやチベットをこよなく愛しているらしかった。

そうなると、ユウちゃんは、すっかりチベット派に転向して、いつのまにか、「ダライ・ラーマ十四世を尊敬してやまない」なんてことにまでなっていた。

しかし、ポジョに言わせれば、年齢も自分たちとあまり違わず、顔にはニキビ痕《あと》が残るピートが、そうそう世界中を旅行しているとは思えなかった。それに、ピートはアジアのいろんな国をなんとなく混同しているせいか、トイレの場所を教えてくれたおばさんに、

「謝謝《シエシエ》」

と言ったり、

「日本は仏教国だから、子どもの頭を素手《すで》で撫《な》でてはいけない」

と本気で主張したり、誰彼かまわず、

「ナマステ」

と、挨拶したりしていて、とんちんかんだった。

このとんちんかんさは、ひがし茶屋街や長町《ながまち》武家屋敷跡界隈《かいわい》でひんぱんに出没した地元のボランティア・ガイド「まいどさん」と遭遇するにあたって、そのパワーを増加させた。

見学をしていると、どこからともなく出てきて、

「ここはね」

と、説明を開始する老年男性ボランティアを「まいどさん」と呼ぶことは、どこかでもらったパンフレットで知った。「まいどさん」たちは、それぞれ違う老人だったが、

似たような雰囲気で、いつも突然顔を出し、同じように話し始めるから、まるで神出鬼没のおじいさんのように見えた。

「まいどさん」を「まいこさん」と間違えて、

「自分はたしかにその人たちを京都で見たけれども、日本の伝統的な若いゲイシャガールであって、おじいさんであろうはずがない」

と怒っていたピートは、このどこにでもいる「グランパ」たちを、どうしてだか疎ましく思っているようだった。

ポジョ自身は、おじいさんたちが説明してくれる歴史的建造物のディテールには感心したし、にわか学習のユウちゃんの解説よりもずっとおもしろかったので、いっしょに町中を回ってもいいと思った。

けれどもピートは、世界を股《また》にかけている歴戦のトラベラーにとって、このじいさんたちは、「ジュニア・ハイスクールのフィールド・トリップ」を思い出させると主張してはばからず、「グランパ」が出てくると、「ヒア・ウィー・ゴー、アゲイン！」と、せせら笑ったり、大げさに肩をそびやかしたりして抵抗するのだった。よく考えたら、おじいさんたちの説明を通訳してわからせるには、ユウちゃんの語学力はかなり不足していたらしく、ポジョが見ていても、おじいさんの三分に及ぶ説明を、ユウちゃんは、ひと言くらいしか英語にしていなかったから、ピートにはつまらなかったのかもしれない。

しかし、ピートのいらいらなんかにはおかまいなく、金沢中どこへ行っても、

「ここはね」

と言いながら、おじいさんは現れたので、ついにピートも「毎度」と「舞妓《まいこ》」が大きく違うことに気づき、「まいど」の意味を正確に理解したのだった。

まいどさんのほうは、案外、外国人が嫌いじゃないようで、

「ここが寝所《ねどこ》。ベッドルーム。でも、ベッドで寝ないね。ノー・ベッドだよ。ジャパニーズ・フトンね」

みたいな感じの、カタカナまじりの解説などを入れてくれたりしていたが、ピートのほうも、

「ナマステ」

だったりするから、傍目《はため》には「勝負は五分五分」という感じがした。

そんなピートと女二人は、

「金沢でおいしいのは、ギョーザ」

と言うユウちゃんのピンクノート・ガイドに従って、「第七ギョーザの店」に丸い餃子を食べに行った。たしかに餃子はおいしかったが、金沢では、お魚なんかがおいしいのではないかとか、加賀《かが》料理といった言葉もポジョの頭をよぎった。

でも、本場の加賀料理はお高いのだし、ピートが「ロウ・フィッシュは危険きわまり

ない」と顔をしかめるので、生魚はおあずけということになったのだった。

食事を済ませて、さて宿を探そうという段階になって、がぜんピートは主導権を握った。

というのも、その日は金沢で生物学だかなんだかの学会が開かれているとかで、手ごろなビジネスホテルがあらかた埋まっていて、部屋のありそうな日本旅館はのきなみ高くて手が出ない。

熟達したトラベラーである、アメリカ人のピートの助言によれば、「観光地から離れれば離れるほど」安くて、バックパッカーには最適の宿が見つかるのだそうだ。しかも、そうすることによって、次の目的地に限りなく近づくことができるのだから、これ以上よいことはないと、彼は言う。

そういうわけで、三人を乗せた車は、金沢から思い切りよく離れたのはいいが、行けるだけ先まで行くという、方針とも言いがたいものに従って石川県をひたすら北上しているうちに、あたりはすっかり夜の闇《やみ》に包まれてしまい、なんだかこのまま朝まで車の中で過ごすことになってしまいそうだとポジョが悲観しかけた矢先、ピートは山の中に青白く光る「HOTEL」の文字を発見した。

しかもその文字の下には、「REST　¥2800、STAY　¥4800」と、書かれていたので、ピートは、

「ビッグ・ディール！」

と、喜んだ。なんとなくそれは、あまり英語が得意でないポジョにも、

「すげえ、安い！」

と、聞こえた。

「そりゃ、安いことは安いけど」

そういうわけにはいかないのだと、自称百戦錬磨のトラベラーに説明するのは、ちょっとややこしく、半分投げやりになったユウちゃんは、

「もう、そうしちゃうー？」

と、言うのだが、ポジョは断じていやだったので首を横に振り続けた。

なんだって、ユウちゃんと、今日初めて会った外国人と、三人で、ラブホテルで雑魚《ざこ》寝《ね》しなければならない？

そうしてまたしばらく行くと、真っ暗な中にも「民宿村」という大きな木の看板が出てきた。

「民宿村だよ、民宿村」

女二人は、どちらからともなく言った。村というからには、泊まれるところがいっぱいあるのだろうと、ほっとした二人は、とにもかくにも最初に目についた一軒に飛び込んだ。時刻はもう、十時を回っていたのだった。

どことなく、「狐《きつね》につままれる」という言葉を、そのとき、ポジョは思い出した。

応対に出たおばあさんが、どうも狐っぽい顔をしていたからだ。狐ばあさんは、三人が食事を済ませていると言うと、ちょっと不満そうな顔をした。そして一瞬にして、二人と外国人が今日知り合ったばかりだと嗅《か》ぎ取ったのか、

「女はこっち、男はあっち」

と、部屋を分けてしまった。「しまった」と言うより、「くれた」と言ったほうがいいのかもしれないが。

そして、

「風呂《ふろ》は十一時までだから、早くして」

と厳命すると、音もなく去って行った。

この日もポジョは眠かった。

ずっと一人で運転手をしているので、夜になるとけっこう眠くなってしまうのだ。

お風呂に入って、買い込んで来たビールを部屋で開けて、ちょっとだけ盛り上がったら、もうさっさと寝てしまいたかった。

だから、

「先に寝てなよ。ピートの部屋で飲んでくるから」

と、ユウちゃんが言っていなくなったときは、頭の芯《しん》がとろんとして、たいしてなに

ウちゃんは戻ってこなかったんだなと、一人納得したのだった。

ただ、深夜過ぎに、それこそ狐が鳴いたような気がして目が覚めたとき、隣にはユウちゃんの姿がなく、たたんで置いてある寝具にも触れた形跡がないのを見て、あぁ、ユウちゃんは戻ってこなかったんだなと、一人納得したのだった。


翌日の午前中、ポジョは一人で内灘《うちなだ》海岸にいた。

ビキニに着替え、こってりとサンオイルを塗って、ビニールシートの上に寝転がって、波の音に耳を澄ませる。肌を灼《や》いていく夏の日差し。遠浅の海。白い砂。のんびりと横たわって、解放されて、ポジョは一人でそこにいる。

ほんとうのことを言うと、

「輪島には二人で行ったら」

と、もちかけたのはポジョのほうだった。

駆け足とはいえ、金沢の近江町《おうみちょう》市場も見たし、高山でも朝市に行ったし、もうこれ以上市場を見に行く気にはなれない、せっかく海の近くに来たんだから、私は一人でも海に行くよと、今朝方、部屋に戻ってきていたユウちゃんに言ってみたのだった。

「本気で言ってんの？」

ユウちゃんは目を丸くした。

「高速バスが出るJRの駅まで送ってって、落っことしてあげるよ。あとは、携帯で連絡とって、どっかで落ち合おうよ。それとも、ユウちゃんたちも、海行く?」

ユウちゃんは、探るようにポジョの目を覗《のぞ》き込んで、それからピートと相談しに行った。ピートは輪島に行きたいと言ったらしく、三人は二対一で、別行動になった。

置いてきぼりにされたさみしさは、ぜんぜんないと言えば嘘《うそ》になりそうだけれど、ユウちゃんの過剰さから離れられたのは、ほっとする出来事でもあった。

北陸の海水浴場は人も少なくて、浜も波もきれいだ。

一人っきりになれた心地よさに身を任せていたら、とつぜん繁の言葉を思い出した。おまえはなんでもかんでもほかの人優先で、自分がないから、よくわからない。

隣町の男子校の水泳部にいた繁は、去年の夏、そう言って、ポジョのもとを去り、いまは年上の彼女がいるらしい。

ポジョに自分がないなんて、二年半もつきあったのに繁はなんにもわかっていない。

誰かと揉めるくらいなら、譲ってしまったほうがラクだし、人がこうして欲しいだろうなということがわかれば、先回りしてやってあげてもいいと思っている。それがポジョの流儀で、それは「自分がない」とかいうようなことじゃあないのだ。

おれはおまえのそういうとこが、いやだ。最初は優しいと思ったんだけど、だんだん冷たいような気がしてきた。おれのことをどう思ってるのかも、いまいちよくわかんない。

ほんとになんにもわかんない人だね。

波が寄せたり引いたり、青い空の下に、砂と石を転がす音を響かせている。

「いま、何時だかわかりますか？」

そう、唐突に声がして、目を開けると男の子が一人いた。

男の子といっても、自分とそう年が変わらないような、二十歳前後の男だった。

「十二時半過ぎだと思いますけど」

タオルをつっこんだビニールバッグの、持ち手の部分につけてぶら下げた時計を見てそう答えると、

「焼きそば、買ってきて、いっしょに食べない？」

と、その男の子は、言った。

男の子は自分のことを、ヒデと呼んでくれ、と言っていた。ヒデオとかヒデカツとかヒデトシとかヒデユキとか、そんな名前なんだろう。

「ねえ、なんて呼んだらいい？」

と訊かれたので、

「ポジョ」

と答えると、

「へんな名前」

ヒデは笑って、焼きそばとカルピスソーダをおごってくれた。

「昨日、民宿いっしょだったでしょ」

焼きそばをすすりながらヒデは言う。

「ほんと？　ぜんぜん知らなかった」

「あそこのばあちゃん、狐っぽくねえ？」

「狐っぽい」

「なー。狐っぽいんだよ」

「一人で旅行してるの？」

「うん。あれ」

首をひねった先を見ると、砂の中にタイヤを少し埋めた、折りたたみ自転車があった。

「あのさあ、今朝いた子さあ、いっしょに旅してるんでしょ？」

「あ、ユウちゃん？」

「ちょっと、やばくねえ？　あの子」

「なにが？」

「なんかさー、なに人？　あれ」

「あ、ピート？　アメリカ」

「エロビーム、出しまくりでしょ、ピートに対して。いま、二人でどっか行ってんの？」

「うん、輪島」

「げー、やば。昨日の夜、おれ見ちゃったけどさ、彼女、夜這《よば》いかけてたよ」

「夜這い？」

「這ってた、這ってた。這いまくってた」

そこまで這ってはいまい、とポジョは思った。

「おれ、あーゆー女、好きじゃないな」

割《わ》り箸《ばし》をポリエチレンの透明パックに入れ、輪ゴムをかけながらヒデは言った。

この人は、なんでわざわざユウちゃんの悪口を言いに来たんだろう。

「いるんだよね。ちょっと顔、かわいいと思ってさ。強引に出りゃ、男が甘い顔すると
か、思ってんじゃねーの？　悪いけど、あいつ、ぜってえ、振られるぜ」

ヒデの熱くなり方は、なんだか少し、ヘンだった。

「女の子二人で旅してるのにさあ、一人で男とどっか行っちゃうって、人間として、人
としてどうなのよ。おれはそれを言いたいね」

「うん、でも私がそうしたらって言ったのよ」

意表をつかれてヒデは、妙なものを目にしたみたいに眉間《みけん》にしわを作り、

「あんたも、あんただよ」

と、言った。

それから少しばかり、二人の間に沈黙が流れ、ポジョがもそもそと焼きそばを噛《か》みしめる音や、波打ち際で家族連れが上げる笑い声などだけが、耳元に響いた。

「どうして、ポジョくんは、ユウちゃんといっしょに旅行してるの？」

ポジョくん、という呼び名が、ぎこちなく海水浴場に漂った。

「あれで、ユウちゃん、いいとこもあるんだよ」

「まあね。そうだろうけど。そこは、おれも、なんとなく感じるけどさあ」

「ほんと？」

「うん、まあ」

「どこ？」

「え？」

「ユウちゃんの、いいとこ、どこ？」

「み……見た目？」

もう少し、言いようはあるんじゃないかと、ポジョは感じた。

それからしばらくのち、

「だいいち、ピーターだっけ？　その、アメリカ人？　引いてたよ。おれ、見たけど」

ヒデはまたその話を蒸し返し、ポジョをヘンな気持ちにさせた。

だって、ポジョとユウちゃんとアメリカ人のピートが、あの宿におさまったのは夜の十時過ぎで、お風呂から上がってビールを飲んで、散会したのは十二時近く。そして朝になって別行動を決めたのは七時か七時半ごろのことなのだ。

いったい、ヒデは、どれほどユウちゃんのことを「見た」というのだろう。

「けっこうさあ、男との距離が測れないタイプじゃない？　ユウちゃんって。最初はいいけど、すぐにしんどくなってくんだよね、ああいう子って」

ヒデはそう続けた。

言っていることが、当たっていなくもなかったので、ポジョはつい、ユウちゃんをよく知っている同士が話しているような錯覚を起こし、

「でさあ、好きじゃない男のことは、あれで、あっさり無視するからね、ユウちゃん」

と相槌《あいづち》を打った。

それを聞いたヒデは、真ん中でぎゅっと押したアンパンみたいな表情になった。

またまた二人の間を沈黙が支配し、それでポジョはなにか、まずいことを言ったらしいことに気づいた。

もっと早くわかってもいいはずのことだった。なんだってヒデが自分に近づいてきて、だらだらユウちゃんに関する話をしたのかを、ちょっと考えればわかることだった。

もし、すべてをわかった上で発言したのだったら、ポジョのひと言は、ヒデに対する

とどめの一撃みたいなものだ。

というより、わかっているわかってないにかかわらず、ポジョのなにげない発言はあきらかにヒデに対するとどめの一撃だった。

ヒデは、

「日本海を一人で旅するのが好きなんだ」

というセリフを残して、自転車にまたがって去っていった。

ユウちゃんのいいところはねえ。

目をつぶって、ポジョは考えた。

なんだろう。ユウちゃんのいいところは、わかりやすいところかな。案外、やさしいところもあったりするところかな。それとも、暗くなりすぎないところとか……。

風が、頰をくすぐっていく。

このまま寝たら体の前半分だけきっちり灼けちゃうよ。

そう思いながら、ポジョはとろとろとした午睡の誘惑に負けていく。

耳元で携帯が着メロを響かせた。

ポジョはあわててつかんで、それを耳に当てた。ユウちゃんからだった。

「だいじょうぶ？　ポジョ、ジョになってない？」

電話口でユウちゃんは言った。

「なにに？」

「ジョだよ。ジョになってない？」

なに「ジョ」って。と、言いかけて、とつぜんポジョは思い出した。

ポジョのジョは、情緒不安定のジョ。

それは小学校の二年生だったか三年生だったか。そのころのポジョは、いまとは正反対に、キレやすい子どもだった。情緒不安定という長めの言葉を、小学生たちはきちんとは知らなかったけれども、通信簿の生活欄には「情緒の安定」という項目があって、みんなそこに丸がついたり二重丸がついたりしていて、ポジョの場合のみ、三角がついていることを知っていた。ポジョのジョは、情緒不安定のジョ。誰かが「情緒不安定」をちゃんと言えずに「じょっちょわん」と発音し、「ぽんま（本間）のりこは、じょっちょわん」と発言したところから、「ぽんまはじょっちょわん」「ぽんまはじょっちょ」「ぽはじょ」「ぽじょ」と、形を変えて、今日までニックネームとして生き残ったのであった。

「なってないよ」

そう言うと、電話の向こうでユウちゃんがほっとしたように、

「よかったー」

と、言った。

なんだってそんな、とても忘れられそうにないニックネームの由来を忘れ去っていたのか、本人にはわからなかった。

思春期を迎えるころには、ポジョは、小学校低学年時代とは別人のように冷静で控えめな人間になっていた。疳《かん》の虫が強くてキレやすい女の子は、あだ名の中にだけ封印され、ずいぶん長い月日が経っていた。あれを必死で封じ込めたのはほかならぬ自分自身だった。だから、ポジョの由来を忘れたのは、どこかで「忘れてしまいたい」と思っていたからなのかもしれない。

バス停で待ち合わせて、ポジョはユウちゃんを拾って車に乗せた。

「ピートはどうしたの？」

「ほっぽってきた」

と、ユウちゃんは言う。

「それより、ポジョのほうが心配だったもの」

ほんとうのところを訊き出せば、ピートは輪島の朝市でひたすら女物の土産を探し始めたのだそうである。それがユウちゃんのためではなくて、

「アビゲイルだかクロコダイルだか」

という名前の、

「ウィスコンシンだかミネソタだか」

に住んでいる、ピートの彼女のためだと知って、ユウちゃんは激怒した。

「だって、ユウちゃん、昨日……」

「自分たち世界を股にかけるトラベラーは、フリーな考え方をするから、そういうことに縛られたくないんだって。昨日はおたがいにジャスト・フォー・ファンてことで、イーヴンなんだって。ふざけんなっつの」

　差し挟まれるカタカナ英語は、ポジョにはあまりよくわからなかったが、全体の主旨は鼻息荒いユウちゃんの態度を見て理解できた。ようするに、ユウちゃんは、またもや振られたのであった。

「だから、ピートなんか、もうどうでもいいの」

　ふーんふふーんふーん、と、ユウちゃんは、どうでもいいことをアピールするためか、鼻歌を歌い始めた。

　ポジョは輪島で放り出されたピートの顔をちょっと思い浮かべてみたが、あれだけ自信のあるワールドトラベラーなんだから、どうにでもするでしょう、と、たいした同情もしなかった。それより、たとえそれが外国人でも、男ってのは、ユウちゃんを、似たような目に遭わせるもんなんだと、腹が立った。

「ねえ、これからどこへ行く?」

ポジョが訊くと、

「そんなの、千里浜なぎさドライブウェイに決まってるじゃない」

と、ユウちゃんは断言した。

ポジョを見てるとときどき不安になる、とユウちゃんは助手席で化粧直しをしながら言った。

なんで?

だってポジョ、ほんとは、ジョになりやすい性格なのに、どっかでそれをすーっと引かせちゃうから。抑えるっていうのとは違うね、ポジョのは、すーっと、引いてくような感じ。沸騰する前のお湯に、差し水して静かにさせちゃうみたいな。誰も沸騰するって気づかないうちに差し水するから、お湯がけっして沸点に達しないのよ。

運転をしていたから、ポジョはユウちゃんのほうを見なかった。

たしかにそれは昔々、まだポジョが子どもだったころに、身につけた処世術みたいなもののような気もした。それはいいことなのか、悪いことなのか、ポジョ自身にもわからない。まだ、処世術としては発展途上段階で、これからまたまた進歩するのかもしれないし。

でもねえ、繁。冷たくはないんだよ。あんたには永遠にわかんないと思うけど。

それより、心配なのは、ユウちゃんのほうだよ。

と、こちらは口に出して、ポジョが言った。

なんで？

なんでという質問に、にわかには答えられずに、ポジョはあいまいに笑って首を振った。

それはたぶん、ユウちゃんが、小さいころからずっとなんにも変わらないからだと、密《ひそ》かにポジョは考える。

ポジョが、下手でも不器用でもとりあえず処世術を獲得したのに対し、ユウちゃんは、一輪車で転んでいたユウちゃんのまんまだ。

千里浜なぎさドライブウェイは、だだっぴろい砂浜で、遠くのほうをたしかに車が走っていくのが見えた。

「ここだよ、ここ。来たかったとこ！」

ユウちゃんは大きな声を出し、ウィンドウをいっぱいに下げて歓声を上げた。

「ねえ、あっちまで走ってみちゃって。それからまたこっちまで走ってみちゃって」

ユウちゃんに言われるままに、ポジョは白い砂浜ドライブウェイで車をころころ転がした。

「ねえ、ユウちゃん。ちょっと外に出てみない？」

とつぜんポジョがそう言ったので、ユウちゃんは不思議そうな顔をした。

「だいじょうぶだよ。これだけ広いんだもん。車はみんなよけて通ってくれるよ。砂浜に来たらさ、ちょっとのんびりしたいじゃないの」

ポジョが外に出てビニールシートを広げ、そこにぺったりと腰を下ろしたのを見て、ユウちゃんも降りてきて、隣に座った。

太陽は赤い光を放ちながら、海に向かって下りてきていた。

二人は、ビニールシートの上に寝転がり、目をつぶる。

時折、砂の上を車が走ってきて通り過ぎる音が耳を打った。

いつか私たちはおたがいに、もう少し大人になって、こうして二人で旅をすることなんか、なくなってしまうのかもしれない、とポジョは思った。

ユウちゃんはもう少し、男と上手に距離をとることを覚え、ポジョはもう少し、自分を上手に出すことを覚えるのかもしれない。覚えなくても、なんだかんだ、うまくやっていける相手が現れるのかもしれない。

あるいは、そんな人は現れなくて失敗を繰り返すにしても、この三日間の珍道中で起こった出来事なんか、いつか記憶の襞《ひだ》にまぎれてしまうだろう。

それでも、とポジョは続けて考えた。

なぎさドライブウェイで、ユウちゃんと砂の上に寝そべったときの、潮風がやさしく顔の上をすべっていく感触、夕暮れの気持ちいい空気と、空と海を染めていく太陽の色を、ずっと覚えているだろう。

「まずい。寝ちゃいそうだよ。こんなところで寝たらやばいよねえ」

心配するユウちゃんの声を、まどろみかけた頭で聞き流し、ポジョは砂の上でくるりと寝返りを打った。

# コワリョーフの鼻

隣席では、主婦らしき三人が、鼻の話をしていた。

正確に言えば、もともとは、鼻の話ではなかった。

彼女たちは巷《ちまた》をにぎわせていた、食品の賞味期限や食肉偽装の話をしていたのだ。

「期限切れとか、名前が違うとかいう理由で、あんなに、なにもかも捨てちゃうのは、かえって問題だと思わない?」

と、少し太めのはきはきした女性が言った。

「だいたい、賞味期限だか消費期限だか知らないけど、食べられるんなら食べればいいじゃないの、ねえ?」

痩《や》せた、短髪に白髪を混じらせた人物が相槌《あいづち》を打つ。

「卵産めなくなった硬い鶏肉が、味付け次第で比内《ひない》地鶏の味わいになるっていうのは、ある意味、すごいことだものね」

小柄で眼鏡をかけた最後の一人が、話に割って入った。

「赤福《あかふく》だってそうよ。餡《あん》こもお餅《もち》も、再利用して食べられるんだったら、そのことを表示して安く売ればいいだけの話じゃないの」

「誰《だれ》も、味が悪いって言ってないんだから」

「騙《だま》されて買わされたって思うから、腹が立つのよ」

「だけどねえ、そもそも、比内地鶏だと思うから買ってたわけで、〈卵産めなくなった硬い肉の比内地鶏風〉って言われたって、買いはしないわよ」

「そんなことはしないわよ、あなた。どこの馬鹿《ばか》が〈卵産めなくなった硬い肉の比内地鶏風〉なんていう商品を売ったりするもんですか。〈味わいしっかり親鳥〉と言って売るのよ」

「あら、〈味わいしっかり親鳥〉って、なんかおいしそうね」

「そうでしょう?」

太めの女性は、得意げに鼻を——そう、それこそ鼻を——蠢《うごめ》かした。

「〈比内地鶏〉と謳《うた》っては詐欺になるけれども、〈味わいしっかり親鳥〉ならば、誰にも文句はつけられないわ」

「だけど消費者の立場としては、安く売ってもらわないと困るわね」

「あたりまえよ。〈味わいしっかり親鳥〉というのは〈卵産めなくなった硬い肉の比内地鶏風〉ということだと、知ってて買うのが、消費者に求められるリテラシーってものよ。中身がそうならお値段もそれなりであって、初めて買い手がつくものだわ」

「だけどそれなら、ほんとうにおいしい〈味わい親鳥〉と、〈卵産めなくなった硬い肉の比内地鶏風〉とは、区別して売ってもらわなくちゃ」

「どういうこと？」

「まだ卵が産めて、元気で、しっかりしてて、ほうっておいてもコクのある鶏肉と、いろいろ加工して初めておいしく感じられる商品とが、〈味わい親鳥〉とまとめられてしまうのは、いかがなものかと言いたいのよ」

「商品名は、それぞれ変えればいいと思うわ」

「だけど、それじゃ一般消費者には、区別がつかないわ」

「おいしけりゃ、どっちでも、好きなほうを食べればいいんじゃないの？」

「値段を変えたらどうかしら」

「でも、それでは、値段が高ければ安心だという話になる。結局〈比内地鶏〉だって〈但馬《たじま》牛〉だって、ブランド名とお値段の高さで、みんな信じてしまったんだから」

「ああ、ホンモノとニセモノを区別するのがこんなにたいへんだなんてね！」

「この問題は、原材料を偽らずに明記することにつきるわね。それも、わかりやすく〈卵産めなくなった硬い肉使用〉と書いてもらうこと。その値段で買うかどうかを、消費者が判断する目安として」

「あっちはどうするの？　賞味期限だか、消費期限だかの問題。結局、期限が切れてても食べられるんじゃない」

「嘘《うそ》はつかない、つかせないが基本ね。でも、自衛のためには、私たちが鼻を鍛えるしかないのでは？」

「鼻を鍛える？」

「ええ。臭《にお》いで確認するのがいちばんでしょう」

「あとは、見た目とかね」

「舌でもよ」

「昔はみんな、そうして食べられるものと食べられないものを見分けていたんだわ。それができなくなってしまった現代人は、どこか感覚が怠惰になっているのよね」

「ええ。でも、豚の血を混ぜれば腐りかけのひき肉が新鮮に見えるってことを知ってしまったいま、見た目を信用することはできない」

「それじゃあ、やっぱり鼻ね」

「それと、舌」

「でも、食べてから、ウェエエ、となるよりは、鼻の段階で防御したいわね」

「そうするとやっぱり、鼻ね」

「ええ」

三人の主婦は、「鼻を鍛える」という結論に落ち着いたようだった。

なぜ、そんな話が耳に飛び込んできたかといえば、その前の日に、奇妙な話を聞いたからだろう。やはり鼻の話だった。

鼻がとれる、というのだ。

いまから二百年後か三百年後かわからないけれども、人類から、鼻がとれる、という話だった。荒唐無稽《こうとうむけい》な馬鹿話にも聞こえたが、「二百年後か三百年後」のことなど、ほんとうにどうなっているかわからない。

たまに、江戸時代末期や明治時代の写真を見ていると、こんなに日本人の顔は大きかったのかと驚嘆するようなこともある。

身体学の本を読んでいれば、明治時代に富国強兵が叫ばれて西洋軍隊式の行進を覚えさせられてから、日本人の体型がまったく変わってしまったと、書いてあったりする。いまになってから、右手と右足をいっしょに上げて歩く「ナンバ歩行」のほうが、体を余計にひねらないからストレスがかからず速く歩けるなどと言う。

かつては、「右手と右足をいっしょに出す、緊張したときの歩き方」を、さんざん馬鹿にしたものだったのに、それが「失われた、日本人の身体感覚」と言われたりすると、妙に取り戻したい気持ちになるから不思議なものだ。

だから二百年後ともなると、人間の鼻の隆起加減が、どこか違ってしまっていてもおかしくはない。

その話は、夫から聞かされた。

「そもそも人間の鼻は、もっこりしているところに特徴があって、これはサルからヒトへと進化するときにもたらされたものらしい。ヒトは火を使うことを覚え、寒冷地域に生息する術《すべ》を覚えたんだけど、このときに、南方地域に現在暮らしているサルみたいな、まったいらなところへ穴を二つ開けたようなものでは、いきなり冷たい空気を肺に送り込むことになってしまう。これでは、心臓にも影響が出て、長く生きるということができなくなる。そこで人類の祖先は、鼻腔《びこう》を深くして、空気の入ってくる器官を長くし、しかもそれをもっこりした肉で包んで、肺に入るまでの間に空気がほかほかと温《ぬく》まるように作り変えていったという説があるらしい」

夫はとくとくとして、友人から聞かされたその話を語った。

「それはどうかな。だって、象はアフリカで暮らしてるし」

私は、ごく常識的な反論を試みた。

「まあ、聞けよ。アフリカ象の鼻が長いのは、それはまた別の理由があるけれど、いまは人類の話だ。ともかく寒冷地で暮らすために、鼻をもっこりさせたのが事実だとすれば、寒くなくなれば、また、平たくなってもおかしくはないよね」

「まあ、その前提自体が正しいならね」

「そこで、地球温暖化だよ、例の。アル・ゴアの、〈不都合な真実〉だよ。温室効果ガスによる環境変化に伴い、ヒトの体にも変化が出てくると予想されているんだって。いちばんはじめに打撃を受けるのが鼻だそうだ。事実、ウィスコンシン州にあるノースカーネル大のグレアム・ステッグマイヤーという教授が二〇〇六年に発表した統計では、カナディアン・イヌイットの鼻のサイズが、過去十年間で、平均して年に〇・一ミリずつ小さくなっているというんだから」

「彼は、それが温暖化の影響だと？」

「そう主張しているみたい」

私は、カナディアン・イヌイットの人たちが、順番に並んで、グレアム・ステッグマイヤー教授に鼻のサイズを測らせてやっている図を頭に思い浮かべた。なんだか微笑《ほほえ》ましいような気がしたのだ。

「じゃあ、少しずつ、人類の鼻は低くなっていって、しまいには、まったいらになってしまうってこと？」

「まあ、グレアム・ステッグマイヤー氏の予測だと、そう」

「グレアム・ステッグマイヤー氏が測ったのが鼻の高さだとして、四センチあったものが、毎年〇・一ミリずつ減っていったら、四百年かかる計算になる」

「ステッグマイヤー氏の仮説では、ある時期から減少値のカーブが急激になるのではないかと。あるいは、無用の長物と化した鼻が、ある日、とつぜんポロリととれる」

「それはないわよ」

「そうかなあ。僕はあり得ると思う。もしかしたら、君の好きなゴーゴリの〈鼻〉なんかは、未来の人類には予言の書のように映るかもしれない」

と、夫は真顔で言った。

「予言の書には映らないでしょう。あれは、鼻がとれて、独り歩きするところがすごいんだから。ただポロッと、いらないからとれましたなんて話じゃないんだから」

「そうかなあ。ゴーゴリの時代から五百年後に読むと仮定してみれば、貴重な資料ということになって、科学的にアプローチしようって人たちが出てくるくらいの話だと僕は思うよ。だって、〈稀《まれ》にではあるが、あることはあり得るのである〉っていうところで終わってるんだからね」

こういうところが、夫とはまるで意見が合わない。

科学的にアプローチしてなんになるというのか。

ロシア文学の至宝とすら称《たた》えられる名短篇〈鼻〉は、ある日突然鼻が失《な》くなる話だ。八等官のコワリョーフが失くした鼻と再会するのはカザンスキイ大伽藍《だいがらん》の前で、鼻ときたら〈服装《なり》が歴《れっ》平《き》としており、おまけに五等官〉のようである。〈あなたは——このわたくしの鼻ではありませんか〉と下手《したて》に出る八等官に、五等官の鼻は〈何かのお間違いでしょう。僕はもとより僕自身です〉とぴしゃりと言ってのけ、おまけに、おまえは司法関係だろうが、おれは文部関係だと、畑違いまで指摘するのだが、それ以降のコワリョーフの取り乱しぶりを、いったいどう科学で分析しようというのだろうか。

私はこの、鼻が〈文部関係のものです〉と名乗るところがとても好きなのである。

「しかし、〈鼻行類〉というのが、あるだろう」

なぜだか、この日の夫は、いつまでも譲らない。

「ビコールイ？」

「ハラルト・シュテュンプケの〈鼻行類〉だよ。一九四一年に日本軍の収容所から脱走したひとりの捕虜が、太平洋上にあるハイアイアイ群島の島の一つに漂着し、鼻で歩く哺乳類《ほにゅうるい》が独自の進化を遂げているのを発見する。有名なのは、ムカシハナアルキとかオオナゾベームね。鼻を使って食べ物を探し、捕獲する習性から、鼻が極端に進化して、鼻で歩くようになったということらしい。かなり詳細な図版などもあるんだけれども、総じて鼻が頭並みに大きいんだ。だからもし、仮にだよ」

夫は大げさに声をひそめる。

「仮に、ハイアイアイ群島に生息していた〈鼻行類〉の一種が、なにかのきっかけで十九世紀のロシアに持ち込まれ、それが飼い主だか持ち主だかの家を逃げ出して、しかも持ち主の礼服を盗んで着込み、ひらりと馬車に飛び乗って逃げて、カザンスキイ大伽藍の前でコワリョーフと出会ったというようなことが考えられないだろうか」

もちろん、私は「られない」と答えたかった。

しかし、この可能性を、まったく無視してしまうことに、躊躇《ちゅうちょ》する気持ちが芽生えたのもたしかである。

沈黙する私に向かって、夫はさらにこんなふうに話を進めた。

「残念なことに、ハイアイアイ群島は一九五〇年代の核実験で水没してしまって、現在は地球上のどこにも〈鼻行類〉を見ることができない」

「あら、それ、ほんとなの？」

「なんで、そんなくだらないことで、僕が嘘をつくと思うかな。平凡社《へいぼんしゃ》から、日高敏隆《ひだかとしたか》の翻訳で出ているから、君も読んだらいいんだよ。とにかく、二十一世紀を生きる我々は、〈鼻行類〉を目の当たりにすることはできない。どこかの島でも、動物園でもだ。しかし、十九世紀なら、あり得る。そう考えることはできないかな」

「だって、一九四一年まで、誰にも知られてない島だったんでしょ？」

「そうなんだ。そうであるにもかかわらず、十九世紀から二十世紀のはじめに活躍した、『絞首台の歌』で有名なドイツの詩人、クリスティアン・モルゲンシュテルンがその詩にうたっているんだ。〈たくさんの鼻で立ってゆったりと／ナゾベームは歩く、／自分の子どもたちをひき連れて〉ってね」

「待って。たくさんの鼻って、なに？　人間の鼻は、ひとつだよ」

私は夫の注意を喚起した。

「だから、よく聞いてくれよ。ナゾベームは、たしかに多鼻類だ。しかし、〈鼻行類〉の中には、単鼻類もたくさんいるんだ。僕は、コワリョーフと出会ったのは、ムカシハナアルキじゃないかと思ってる」

「タビルイ？　タンビルイ？　ムカシハナアルキ？」

「多くの鼻を持つ種類と、一個しか鼻を持たない種類があるってこと。ムカシハナアルキには、鼻はひとつだ。〈鼻行類〉の原生種と言われているもので、見た目も僕らが知っている哺乳類にとても近い。ああもう、まだるっこしいな。どっかにあったんだけど」

そう言うと夫は玄関脇《わき》にある文庫棚をごそごそ探して、ハラルト・シュテュンプケの『鼻行類』という本を出してきた。〈新しく発見された哺乳類の構造と生活〉と副題のついたその本には、たしかにたくさんの〈鼻行類〉の絵が出ていた。

夫はその中の、〈Archirrhinos haeckelii〉という学名のついた、二匹の動物の絵を私に見せるのだった。

「これがムカシハナアルキね。こっちがナゾベーム」

ナゾベーム、正しくはモルゲンシュテルン　オオナゾベームの学名は、〈Nasobema lyricum〉だった。

そう言われてみると、ナゾベームの鼻が蛸《たこ》の足のように何本も細く伸びているのに対し、ムカシハナアルキの鼻は人間の鼻をただただ巨大にしたような形であり、体はリスとかビーバーみたいだった。

ビーバーの頭のかわりに、人間の鼻をくっつけたような生物である。

この個体の大きさがどれくらいなのかはわからなかったが、もし、これが小さな熊《くま》くらいあって、しかも五等官の礼服を着て、ペテルブルグの街を逃げ惑っていれば、あるいは「鼻が逃げている」というふうにも、見えたかもしれない。

「だろ」

夫は得意そうに言った。

「研究者は、モルゲンシュテルンがじっさいに、ナゾベームを一匹飼っていたのではないかという可能性も指摘しているんだ」

「ヨーロッパ人が、一九四一年までその島を一度も訪れていないというのは、少なくとも考えられないわね。たとえ、そのドイツ詩人が、じっさいには見たことがなかったとしても、誰かから聞いたとしか思えないもの」

「モルゲンシュテルンは、一八七一年、普仏戦争終結の年にミュンヘンで生まれ、第一次大戦が始まる一九一四年に亡くなっている。ニーチェを尊敬してて、シュタイナーとも親しかった。手元に資料がないので、この詩がいつ書かれたのかははっきりしないけれど、ゴーゴリが〈鼻〉を発表するのは一八三六年のことだから、七十年ほどの隔たりがあることはたしかなんだ」

「でも、モルゲンシュテルンが知ってたのはナゾベームで、コワリョーフが見たかもしれないのがムカシハナアルキだとすれば」

「うん。つまり、十九世紀全般を通して、なんらかの形で太平洋上の島から奇妙な生物が、ヨーロッパに持ち込まれていた歴史があるのかもしれない」

私は、あらためてムカシハナアルキの図版に見入ってしまった。

「じゃあちょっと、整理してみよう」

整理整頓《せいとん》の好きな夫は言う。

「〈鼻〉の主人公、コワリョーフは、ある日突然、自分の鼻を失ってしまう。鏡を見ると、鼻がないわけだ。とうぜん、動揺するだろう」

「そりゃ、するでしょう。じっさいに、したわね」

「もう、仕事どころじゃない、鼻のことしか考えられなくなった。そうだね」

「そうでしょうね」

「だいたい、鼻が顔から消えるなんて、おかしい。あまりにおかしすぎて、ほんとのこととは思えないくらいだ。そうなると、少し精神状態だっておかしくなってくる。そんな状態で、彼はネフスキイ大通りへ出かけた。そして、馬車から飛び降り、また飛び乗って駆け去る、一匹のムカシハナアルキを目撃する」

「南洋の島から連れてこられたムカシハナアルキは、飼い主のもとから逃げ出すときに、礼服を盗んで体を隠していた」

「鼻だ！　鼻が歩いている！　コワリョーフはそう思う」

「俺《おれ》の鼻だ！　ちょっと待ってちょうだい、ねえ」

私はとつぜん、夫の解釈についていけなくなった。

「どうして、そんな巨大な鼻を、自分の鼻だと思うの？」

「だから、そこに、彼の逼迫《ひっぱく》した心理状態が絡んでくるわけだよ。だいたい、まともに考えて、人は鼻が歩いているなんて、思う？」

「思うわけ、ない」

「ところが、ところがだよ。彼の前を、まさに、鼻が通過する。ひとつの、もっこりした鼻が、馬車から降りてくる。彼は、自分の鼻を失くしたばかりだ。ここが重要。鼻を失くすだけでも大事件なのに、その、まさしく同じ日の昼日中《ひるひなか》、おおぜいの人が行きかうネフスキイ大通りで、鼻が堂々と歩いているのを見つける。ここになんらかの関連性を見出《みいだ》してしまうのは、人間心理の必然というものじゃないかな」

「だけど、自分の鼻とは似てないとか、思わないかしら」

「自分の鼻って、ほんとは見えないんだよね」

夫は、意外なことを言った。私はなぜだか、どきりとした。

「まあ、そうだけれど」

「ゴーゴリ自身が書いてるじゃないか。八等官のコワリョーフともあろう人が、新聞に鼻探しの広告など出せるものではないことくらいわからないはずがないのに、血相を変えて掛け合いに行ってしまったあたり、ふだんの精神状態とはまるで違っていたんだって」

「まあ、そうかもしれないわね」

「ほらね、科学的に考えてみることだってできたじゃないか」

夫は満足そうだった。

しかし、もともと夫の話は、「鼻がひとりで歩く」という話ではなくて、「鼻がとれる」という話だったのだから、ゴーゴリの小説のそっちの部分は、なんら科学的な裏づけがなされていない。

だいいち、ロシアは北半球の上のほうにあって寒いのだから、もし夫が言うように鼻の役割が空気を温めてから肺に運ぶことにあるのならば、コワリョーフの鼻がとれるのに必然性がない。

「あ、ほんとだ」

とても簡単に、夫は同意した。

そして、ちょっと探りを入れるような目つきで、

「君は、どう思う？」

と、言うのだった。

「え？　なにが？」

「コワリョーフの鼻は、どうしてとれたんだろう。地球温暖化が原因でなければ」

「さあ。知らない」

私はできるだけ元気よく、

「ご飯の支度をするわ」

と宣言して、夫をリビングに残し、台所へ引きあげた。

私の動揺が、夫に知られていないといいと思う。


それはそれとして、夫に妙な話を聞かされてから、鼻のことが気になって気になって仕方がなくなった。

街を歩いていても、「アレルギー・鼻炎・蓄膿《ちくのう》症」などというポスターを貼《は》り付けた薬屋の前を通ると、どうもその「鼻」がほかの文字より大きく目に飛び込んでくる。

そんなわけで、昼食を食べに入った近所のイタリアンレストランでも、初老の主婦軍団の鼻談義が耳に入って離れなかったというわけだ。

夫の話を丸ごと信じるわけではないが、話が二、三百年先ということを考えると、起こり得ない話とも言えない。昼間のおばさん連中の、「鼻を鍛える」という結論も、どこか夫の話に通じていく部分があるように思えた。

つまり、彼女たちは、人類の鼻の退化に関して言及していたと思われる。

「昔はみんな、そうして食べられるものと食べられないものを見分けていたんだわ。それができなくなってしまった現代人は、どこか感覚が怠惰になっているのよね」

と、おばさんは言っていた。

なにもこれは、おばさん一人のオリジナルな見解というわけではなくて、むしろ、あの食品偽装の問題が取りざたされると、有識者とかコメンテーターとか呼ばれるテレビ芸者のうちの誰かが必ず、もっともらしい常識的な意見として述べるものに近い。〈鼻〉の件に限らず、おおよそ、コメンテーターという人種に求められるのは、おばさんたちが昼の集まりで、頭をふんふん振りながら、さも自分の意見のように言ってみられるほどの、あたりさわりのなさである。

たとえば子どもがいじめで同級生を殺してしまったときの、

「どこをどこまで殴ったら人が死ぬか、喧嘩《けんか》慣れした昔の子どもは知っていたもんだ」

というコメントなどに近い。

昔と比べて、現代人は動物的嗅覚《きゅうかく》——ほら、やっぱり、鼻だ——が鈍っている、という言説には、みんななんとなく安心して、そうだ、そうだとうなずくことができるのである。

そういうことだから、茗荷谷界隈《みょうがだにかいわい》でランチを食べていたおばさんが、さほど立派な意見を開陳したとも言えないけれど、地球温暖化が進み、鼻が〇・一ミリずつ低くなっているのであれば、その機能も衰えていくということが、あるかもしれないではないか。

このことはもっとよく考えてみなければならない。

というのも、鼻とは本来、〈そもそものはじまり〉を意味するものだからだ。

はな、という言葉は、「はなっから」とか「出ばなを挫《くじ》かれた」とか、「寝入りばな」などと使う。

この「はな」は、いまは「端」と表記されるけれど、意味は「鼻」とつながっているらしい。これはもともと中国で、人間は鼻から作られたという考え方があるからなのだそうだ。どうして頭からではなく鼻から作ったと思ったのだかは疑問である。

しかし、鼻は人体の中でももっとも目につくところにある突起物なので、創造主がここをきゅっと左手でつまみながら、体のほかの部分を成形していったというようなイメージなのかもわからない。

あるいは、下世話な話では、よく鼻は男性器にたとえられる。男性器といえば、まさに人間を作るための器官なのだから、そちらのイメージもあったのかもしれない。

つまり、その、だいじなだいじな鼻が失くなってしまうとなると、これはもう、人類滅亡の危機といってもいいようなことなのではないか。

ステッグマイヤー教授の論文がどうなっているかはわからないけれども、鼻が失くなった時点で、人間の未来も閉ざされるということになりはしないか。

鼻がとれる。

鼻が失くなる。

そのことが私の胸から離れなくなった。

だから、パート先の花屋さんで、学生アルバイトの君島《きみじま》くんが、中国の刑罰の話を始めたときも、全身が総毛立つような思いがした。

「オレ、ゴーモンとか詳しいんスよね」

この、どこか酷薄な雰囲気のある君島くんは、もしかしてサディストではないかと私は疑っている。

ときどきガールフレンドらしき女性から携帯に電話がかかっているのだが、私たちパ

ート仲間に接するときとはぜんぜん違う、冷たい声を出して、

「うぜえ。仕事中に電話すんなって言っただろ。知らねえ。そこで待ってろ」

などと言っていたりするので、驚く。

色が白く、眉毛《まゆげ》が薄く、茶色に染めた髪はいまどきの男の子らしく整髪剤でわざと飛び跳ねさせている。鼻の、ではなかった、花の扱いはていねいで、ブーケを作らせると、とてもセンスがいい。

そんなところも、ちょっとサドっぽい。

「中国とか、まじ、怖《こえ》えっスよ。鼻切っちゃうとか、あるじゃないスか。あんなの、もうね、日常茶飯事だったらしいっスよ」

「え？　鼻？」

「こっちの鼻っスよ」

君島くんは、自分の人差し指で、鼻の頭をつついた。

「鼻を、切るの？　そぎ落とすってこと？」

私は、眩暈《めまい》がしそうだった。

「鼻プレイの極致っスよ。切っちゃうんスから」

私は、鼻プレイという言葉も、この人からしか聞いたことがなかった。

「秦《しん》の始皇帝《しこうてい》って人、いますよね、あの人が、めっちゃ、鼻切りマニアだったらしいっ

ス」

「鼻切りマニア？」

私は、もじもじと、自分の鼻に手をやった。

恐ろしくて、たまらなくなった。

「息子に、皇帝とはこうやって民を治めるものだとかって教えるために、がっつんがっつん切ってたらしいっスよ。秦って、中国統一するわけじゃないですか。だから、その過程で敵国の捕虜とか、あんまり鼻とっちゃったもんで、鼻のある人間より鼻のない人間のほうが多くなっちゃって」

「そこまで？」

「マジ、これ、ほんとの話っスから。はじめは、鼻がないと変な顔だって言われてたんだけど、住民の七割くらいが鼻なしになっちゃったから、かえって鼻があるほうが不細工ってことに、なっちゃったんだって。どんだけ、切ってんだよ！」

からからからと、君島くんは笑い、出来上がったプチ・ブーケを水に挿した。

しかし、この話には、意外な教訓があった。

そうか、鼻なしが増えると、鼻なしがマジョリティになり、美の基準が変わるのか。

そのことを、私はちょっと誰かと話したい気がしたが、君島くんは適当な相手ではなかった。

彼の関心は、もちろん、もっとずっと恐ろしい中国の刑罰にあったが、私はもう、そっちの話は、勘弁してもらいたかったのである。

それからも、なにか、鼻に関する話題が出るたびに緊張した。

「私の風邪は、鼻から」

などというコマーシャルを見るだけで、飛び上がりそうな気持ちがした。

じつを言うと、私はひやりとしたのだ。

あんなふうに、夫が鼻の話を熱心にするとは思いもしなかったのである。

しかし、もしもステッグマイヤー教授の予測が、予定より早く来て、みんながみんな鼻など失くしてしまったら、世界はどうなるだろうか。

そのことは、もう少しきちんと考えてみる必要があるかもしれない。


私には秘密がある。

ちょうど八年前、夫と結婚する一年前に、整形手術を受けたのだ。

〈隆鼻術〉というもので、そんなにむずかしい手術ではない。しかし、当時私はただのOLであまりお金がなく、手術費をけちったために、やや問題が残った。シリコンプロテーゼが鼻にしっかり合っていないのだ。

見た目には、ほとんどわからないけれども、最初から少しばかり右側にずれていた。

年月が経《た》つうちに、これがゆるんできて、いまでは触ると鼻の付け根の部分がグラグラする。日に日に、鼻は右側にずれて、鏡ではそんなにわからないけれど、写真など撮ると大幅にずれて感じられる。

それに、鼻の皮膚も薄くなってきた気がする。若干、痛い。

もう、限界は近い。メンテナンスが必要なのだ。

しかし、そのためにはまず、入れたシリコンプロテーゼを取り出さなければならない。これに十万円くらいかかる。それから鼻先の皮膚の回復を待って、二度目の手術がある。ぴったりしたプロテーゼを挿入する手術と、鼻の先の軟骨形成手術だ。両方あわせると、五十万近くかかる。全部で六十万だ。

そんなお金をどこから捻出《ねんしゆつ》すればいいのだろう。

花屋のパートではとてもそんなお金は貯《た》まらない。

私はゴーゴリが好きだった。整形手術を受ける前から好きだったので、とくに〈鼻〉ばかりが好きなのではなくて〈外套《がいとう》〉も好きだし、〈ディカーニカ近郷夜話〉も好きだ。

でも、芥川龍之介の〈鼻〉は、あまり好きになれない。

私はあれを、整形手術を受けた後で読んだ。

好きになれないのは、そのせいかもしれない。

途中まではいいのだけれど、和尚《おしよう》が鼻を茹《ゆ》でるあたりからが、もういやなのだ。あれは、整形手術の話ではないかと思う。

和尚は鼻の長いのを気にしている。ご飯を食べるときに、小僧に木の板で鼻を持ち上げてもらわないとならないほど長い。あるとき小僧の一人が、鼻を短くする方法を聞きつけてくる。鼻を茹でて、ぎゅうぎゅう踏めばいいのだという。和尚は、自尊心《しん》も羞恥《しゅうち》心も犠牲にして、小僧に鼻を茹でさせ、踏んでもらう。鼻は人並みの長さになる。

問題はその後だ。人が和尚を見て笑うようになるのだ。人間には矛盾した心があって、人の不幸は同情に値するが、その不幸を脱したのを見ると、元の不幸に戻したい気持ちになるのだと、芥川は解説している。

結局、鼻は元の長さに戻る。もう誰も笑わないだろうと、和尚が思うところで終わる。

こんないやな話は、聞いたことがない。

これを和尚ではなく、醜い女が整形手術を受けた話だと考えてみればいいのだ。醜いのを気にしている女がやっとの思いで手術を受ける。美しくなる。ところが周り中がひそひそと、「あの人、整形してるのよ」と言って笑い出すのだ。そして、なぜか女の顔は元に戻ってしまう。そのために、同情が戻ってきて周囲が笑わなくなったからといって、誰が「はればれ」となどするだろうか。

芥川龍之介は自分の美貌《びぼう》に極端に自信があったせいで、あんなものを書いてしまったに違いない。ほんとうに腹立たしい。

だいいち、私が変だと思うのは、五、六寸ある鼻が邪魔だからといって、小僧に木の板で持ち上げさせてご飯を食べるところだ。そんなことしなくても、鼻を持ち上げる方法は、いくらでもあるではないか。

簡単に思いつくのはヘアバンドだ。鼻を布で持ち上げて、それを鉢巻のようにして頭にしっかり結べば誰にも迷惑をかけずにひとりで食事ができるはずではないだろうか。ちょっと工夫して和尚専用の〈鼻持ち上げ帽〉を作れば、食事のたびにそれをかぶるだけで解決だ。テーブルの上に鼻を載せる台を置いてもいいかもしれない。

そんな単純な工夫もしないで、小僧に鼻を持ち上げさせて食べていた和尚は、ひょっとすると曲者《くせもの》なのかもしれない。

鼻の長さに悩んでいたなどというのは嘘で、もしかしたら案外、自慢だったのではないか。下世話な話、と何度も書くのも芸がないが、鼻はよく男性器にたとえられる。「あれだけ立派な鼻があるのだから和尚のやつ」というような憶測が人々の間に流れて、ひょっとしてうれしかったのでは。

ところが、鼻を小さくしてみたら、「なんだ、和尚も普通のサイズか」ということになり、みんなが和尚の顔を見て笑うようになった。

それが口惜《くや》しくて、鼻を元の長さに戻し、「はればれした」気持ちになった。

これが真相ではないだろうか。男の人は、そういうところに必要以上にこだわる面があるから。

なんだか、そうとしか思えなくなってきた。

そういうわけで、芥川龍之介の〈鼻〉が好きになれない。

しかし、どうしたものだろう。

私の鼻は、どんどん右側に片寄りつつあった。

夫に話すべきか。すべてを打ち明けてみるべきか。

そのことを考えると、私は夜もあまりよく眠れなくなってしまった。


ある夜、私は夢を見た。

未来からやってきたという、マスクをした三人の人間が、二百年後の世界で起こっている戦争について話していた。

「世界はいま、完全に二分されています」

「これは人種や宗教の争いではありません」

「鼻あり対人間の戦いの火蓋《ひぶた》が切られたのは、二二〇七年十月のことでした」

重々しい口調で、彼らは語った。

「ちょっと待ってちょうだい。鼻あり対人間って、どういうこと？　むしろ、鼻なし対人間と言うべきでは？　あるいはせめて平等に、鼻あり対鼻なし、とか」

「いいえ。二二〇七年の世界では、鼻あり人間はすでに少数派です」

「え？　なんてこと！」

「驚くにはあたりません。ほんとうのことを言えば、あなたの生きているこの二十一世紀には、鼻なし人間がかなりおります」

「なんですって？」

「ことはすでに始まっていたのです。そのころ彼らはマイノリティだったので、鼻がないことを隠して生きていたのです」

「ですから我々はこうして、隠す必要はないということをお伝えしにきたのです」

「未来の世界では、あなたのような方は多数派なのですから」

そう言って、三人はいっせいにマスクを外した。


私は驚いて跳ね起き、隣で夫は寝返りを打った。

もう隠しておくことはできない。

夫の背中を見つめて私は思った。

打ち明けて、そしてだめになるなら、私と夫の関係はそれまでなのだ。

その翌日の夜、帰宅して風呂《ふろ》を浴び、缶ビールを開けてリビングの床に座りこんだ夫に向かって、私は切り出した。

「ねえ、このあいだの、コワリョーフの鼻のことだけれど」

「え？」

夫は読んでいた雑誌を静かに脇に置いた。

「考えてみたの。ほんとうは、なにが起こったのだか」

夫は、こくりとうなずいて、私の目を凝視した。

そこで私は語り始めた。

「三月二十五日の朝、ウォズネセンスキイ通りに住んでいる床屋のイワン・ヤーコウレヴィッチは、朝食のパンの中から、一片のシリコンプロテーゼを発見した」

「一片の、なんだって？」

「シリコンプロテーゼよ。鼻を高くするための整形手術で使うの」

「なるほど」

「触ってみて、イワン・ヤーコウレヴィッチは、〈誰か知った人の鼻のようだ〉と思う。そしてすぐに思い当たるの。これは毎週水曜と日曜に自分に顔を剃《あた》らせる八等官コワリョーフ氏のものに違いない」

「どうしてわかるの？」

「感触でよ。髭《ひげ》を剃《そ》るときに、必ず親指が鼻に当たるのよね。そこでその、くにゃっとした感触を覚えていたの」

「なんで、パンの中にシリコンプロテーゼが入り込むわけ？」

「おそらくコワリョーフは低い鼻を気にして隆鼻術を受けていた。八等官のお給料で手の届く手術は質が高くなくて、医者の失敗でシリコンプロテーゼが、ずれてしまっていたのだと思う。年月を重ねるうちに、シリコンプロテーゼがぐらぐらになってきて、ある日、町で評判の粉屋の看板娘を口説いているときに、うっかり粉の中にシリコンを落としてしまったんじゃないかしら」

「考えたね、君も」

「シリコンプロテーゼ入りの粉は、イワン・ヤーコウレヴィッチの妻、プラスコーヴィヤ・オーシポヴナに売られていき、三月二十五日の朝、パン種《だね》の中に紛れ込んだ」

「そうして、イワン・ヤーコウレヴィッチは、コワリョーフの鼻、いや、コワリョーフのシリコンプロテーゼを見つけるわけだね」

「床屋はそれをイサーキエフスキイ橋に捨てに行く。だって床屋にしてみれば、粉屋の娘と八等官ができてるなんてことは知らないんだから、自分が顔を剃っているときにとれちゃったんだと思うじゃない？　そこで証拠隠滅に走るわけ。そして巡査に不審尋問を受ける。〈さあ、あすこで何をしちょったのか述べてみい！〉。ここがゴーゴリの短篇の中でいちばん奇妙なところのひとつでしょう？　作者はこの先、床屋がどうなったのか書いてないんだもの。でも、書く必要がなかったのよ。というか、書いてもおもしろくない。だって、ここから先の主人公は、シリコンプロテーゼじゃなくて、ムカシハナアルキになるんだから」

「あ、そうか！」

夫は、膝《ひざ》を叩《たた》いた。

「我々は二世紀もの間、ゴーゴリに騙されてきたわけだ。イワン・ヤーコウレヴィッチが見つけて捨てようとした鼻と、八等官コワリョーフが見つけて声をかけた鼻は、同じものじゃないんだね！」

「そうなの！」

私もなんだか興奮してきてしまった。

「二つは、まったくべつの鼻なのよ！　鼻からシリコンが抜けてしまった八等官が鏡を見ると、まるで鼻が失くなってしまったかのように見えた。気が動転したコワリョーフは、五等官の礼服を着て現れたムカシハナアルキに、思わず話しかけてしまったの」

「とうぜん、ムカシハナアルキの飼い主は、文部官僚で、しかも五等官だよね？」

「そうよ。だから、ムカシハナアルキったら、〈僕は文部関係のものですからね〉なんて、よどみなく切り返せたんだわ」

「なるほど。ところで、ムカシハナアルキは、しゃべれるのかな？」

「まったく憶測の域を出ないけれど、南洋の鳥たちの中にはオウムみたいに、人の言葉を真似《まね》するものもいるでしょう？　ムカシハナアルキは、ひょっとしたら、飼い主の言葉を模倣する習性があったのかもしれないわ」

「たいした野郎だな、このムカシハナアルキってやつは！　だとすれば、ますます五等官のようだった理由がはっきりするよね」

「ここからがほんとうは、ゴーゴリの〈鼻〉のいちばんいいところよ。なにしろコワリョーフが取り乱して、新聞広告を出そうとしたり、娘を振った腹いせに魔女を雇ったんだろうと佐官夫人のポドトチナを疑ったりするところが最高におもしろいんだから。だけど今日は、どうしても、その、おもしろいところをすっとばして、鼻のことをおっかけなくちゃならないわね」

「まあいい。君がそう言うんなら、先を急ごう」

「シリコンプロテーゼが見つかる」

「ああ、鼻が見つかったと言って、巡査が持ってくるところまで話をとばしたんだね？」

「ええ。でも、その鼻がどうしても、くっつかないでしょう？」

「そういえば、そうだったな。自然にはくっつかないし、医者のところへ持って行ってもくっつかないんだったよな」

「医者はこう言うのよ。〈下手にいじくれば、一層いけなくなりますよ。そりゃあ、無論、くっつけることは出来ますがね。何なら、今すぐにだってつけて差しあげますが、しかし正直のところ、却《かえ》ってお為《ため》によくありませんよ〉」

「そうだ。たしかに医者はそう言って、つけてくれないんだった」

「このことを、もっとよく考えてみなくちゃ」

「もっと？　よく？」

夫は、すでにぬるくなっているに違いない缶ビールを、ごく自然な感じで飲み干した。

私は静かに深呼吸をした。

「失くした鼻は、すぐにはつかないの。隆鼻術に失敗した人間がもう一度鼻を取り戻したいなら、ある一定の期間、待たなくてはならないの。〈下手にいじくれば、一層いけなく〉なるの。〈正直のところ、却ってお為によく〉ないことになるから」

「だんだん、混乱してきたな」

夫は二本目の缶ビールのプルリングを引き上げる。

「ほんとうのことを、話すわ。コワリョーフが鼻を取り戻すのは四月の七日。鼻を失くしてから二週間後だけれど、ほんとうは、これでは短すぎるのよ」

「どういうこと？」

「古いシリコンプロテーゼを抜いて、新しいのを入れるまでに、半年間は我慢しなくてはならないの。鼻先の皮膚を回復させなくちゃならないんだもの」

「皮膚の、回復？」

「そうよ。ずうっとシリコンプロテーゼを入れていた鼻は、ダメージを受けているの。だからしばらく休ませないと、鼻に負担がかかりすぎて、それこそ一生、壊れたままになってしまうわ。だから半年。半年間、コワリョーフは鼻なしでいなくちゃならないの」

夫は何も言わずに、私の言葉の続きを待っていた。

「そしてコワリョーフが新しいシリコンプロテーゼを入れようと思うと、お金がかかっちゃうの。それも、すごく高額な」

ここまで言うのがせいいっぱいで、とても先をしゃべれそうになかったが、夫は小さな声で質問をした。

「いくらかかるの？」

私は顔を両手で覆った。もう何も言いたくなかった。

「ほら。言ってくれなきゃわからない。いくらかかるの？　コワリョーフがぐらついたシリコンプロテーゼを取り出して、六ヶ月間鼻を休ませて、それからまたちゃんと入れなおすのに、いくらかかる？」

「――取り出すのに十万円。入れなおすのに五十万円。でもコワリョーフには花屋のパートで貯めたへそくりがあるから、あと四十五万円あれば足りるの」

私は堪《こら》えきれなくなって泣き出した。

夫は立ち上がり、ダイニングの椅子《いす》に腰かけていた私の後ろにまわって肩を抱いた。

「四十五万円は僕の預金から出すよ」

そう夫は言った。

「あなた――」

「もういいじゃないか。泣かないで」

次に続いた夫の言葉を聞いたときほど、私が驚いたことはかつてない。

「知ってたよ、君の鼻のことは。それこそ、はなっから。結婚して初めて迎えた夜、君は少し疲れたのか軽い鼾《いびき》をかいて先に寝てしまった。その寝顔が可愛《かわい》くてね、ああ今日から君は僕の奥さんなんだと思ったのがうれしくてね、思わず強く抱きしめてキスをしたんだ。そうしたら、君の鼻が、動いた」

「動いた？」

「ほんの五ミリくらいだけれど、そっくりそのまま右に移動して止まったんだ」

「だってあれは、七年も前じゃないの！」

「あれ以来、ずっと気にしていたんだ。僕が君の鼻を壊したんじゃないかって。だから、いつ君が鼻のことを打ち明けてくれるかと、僕なりにずいぶん悩んでいたよ」

あなた――。

私たちはしっかりと抱擁しあった。

私の目からは涙が流れ続けた。


あれから一年が経つ。

私の鼻は顔の真ん中に美しくおさまっていて、夫は以前よりもきれいだと言ってくれる。こうして私たち夫婦は七年目の危機を乗り切った。

私たちはひどく回り道をしてしまったらしい。もっと早く、お互いの気持ちの壁を取り払うことができていれば、いろいろなことがうまくいっていたのではないかとすら思う。

遅かったのはたしかだ。しかし、遅すぎたわけではない。困難を経て、二人の結婚生活は、新たなスタートを切ったのだ。

不思議なことだけれど、夫婦の間に秘密がなくなってみると、彼の鼻の調子もよくなってきた。

そんなに不思議でもない、考えてみれば、あたりまえのことかもしれない。

〈誰が何と言おうとも、こうした出来事は世の中にあり得るのだ〉

このままいけば私たち夫婦にも、遠からず子どもができるだろう。

# 東京観光

私が東京へ行ったのはずいぶん前になります。

まだ二十世紀のことで、携帯電話はそれほど普及していませんでした。街のあちこちに、灰色の公衆電話が見られたころのことです。

行ったのは一度きりで、それ以来、ついぞ訪ねていませんので、いまはどんなふうになっているのか、想像もできかねます。

そのころ私は、生命保険の外交員をしていました。とても小さな地方の町でのことです。私はその町の人々の保険を、とてもたくさん取り扱っていましたから、本社がご褒美に東京へよんでくれることになったのです。

東京へ行ったら、研修を二日受ければ、あとは丸一日お休みです。

心が躍るような感じがしました。私の初めての東京旅行でした。

バスで二時間かけて新幹線の駅へ行き、そこから五時間かけて東京へ行き、友達のご主人が予約してくれたホテルにたどり着いたときは、ほんとうに長い旅をしたと思いました。

会社が研修のために使うホテルに部屋を取ってくれるという話もあったのですが、自分で泊まるところを見つけた者には、宿泊代一泊一万円を経費として支給するという条件だったので、節約すれば、お土産代くらいは浮く計算になります。

私は迷わず友達に連絡しました。友達のご主人は何度か仕事で東京へ行っていて、たいへん安くて気軽な宿があるから、そこを使ったらいいと勧めてくれたのでした。


ホテルは地下鉄の駅を上がって、赤い提灯《ちょうちん》の下がった飲み屋さんの前を通って、コンビニエンスストアのある路地を入ったところにありました。

ホテルの名前や、駅の名前は覚えていません。

いま、改めて、東京の地図を広げてみても、何が何やら、私にはわからないのです。そのホテルが東京都のどのあたりにあるのかも、定かではありません。北のほうだったような気がしていますが、ほんとうのところはわかりません。

けれども、そのときは、駅もホテルもきちんと手帳に書いていきましたので、問題なく行き着くことができました。

フロントの親父《おやじ》さんがはげ頭で、耳の横から櫛《くし》で梳《と》かし上げた線のような髪の毛を、反対側の耳のあたりできれいに切りそろえていたのを覚えています。

「三泊？　四泊？」

親父さんは、眼鏡の下からいぶかしそうな目で私を見ました。

「三泊です」

私は舐《な》められてはいけないと思って、無愛想に答えました。

ふん、と変な音を鼻で出して、親父さんは、やたらと重たいキーホルダーのついた鍵《かぎ》をくれて、

「夜一時過ぎたら、出入りはあっちから。その鍵で夜間ドアが開けられますから」

と言いました。

親父さんの示した方角には、非常口があって、紫色の常夜灯がついていました。

私は初めての、しかも一人旅の東京で、夜中の一時過ぎまで飲み歩くことはないだろうと思いましたが、はいはい、と受け答えして、エレベーターの前に進みました。

エレベーターの横には、自動販売機がありました。小窓には、四つの商品が並んでいました。

1　東京温泉入浴用（缶）
2　おでん（缶）
3　清酒（カップ）
4　東京温泉飲料用（缶）

東京のホテルには、ずいぶん変わったものがあるなと私は思いました。ものはためしというか、初東京土産のつもりで、「東京温泉飲料用」を買ってみました。たしか、百二十円くらいなものだったと思います。

がちゃんごろごろと、缶は出てきましたが、見ると「東京温泉入浴用」と書いてありました。

私はフロントにとって返し、妙なヘアスタイルの親父さんに文句を言いました。

「おんなし」

抗議を聞いたはずの親父さんは、読んでいる新聞から顔も上げずに、そう言いました。

聞き返すと、いまさっきと同じ口調で、

「おんなし」

と言うのです。

私が不審げにしていると、親父さんはめんどくさそうに新聞を置いて、引き出しから何やらシールのようなものを取り出すと、私から缶を取り上げました。

そして、その缶に、ぺたっとシールを貼《は》ったのです。

「飲料用」と書いてありました。

私は、飲料用になった東京温泉を持って、エレベーターの前に戻りました。

この灰色のエレベーターが、ひどく古い見かけのもので、ゴォーッと音はするものの、ちっとも降りてこない。いったいどこでゴォーッと音をさせているのだかもわからない。ずいぶん、待ったのを覚えています。

その間私は、何度も親父さんのほうを振り返ったのですが、親父さんはスポーツ新聞に目を落としたきり、ちらとも私のほうを見ようとしませんでした。

ごっとん、というわざとらしい音がして、エレベーターが私の前に止まりました。中から、くたびれたお父さんのような感じの男性が一人出てきました。少し赤い顔をしていて、足元にはつっかけのようなものを履いていました。見た目は洗練されているとは言いがたい印象の方でしたが、扉が開くと脇《わき》へよけて、エレベーターの「開」ボタンを私のために押し続けて、礼儀正しく挨拶《あいさつ》されて降りて行かれましたから、そんなに客筋の悪いホテルのようには思いませんでした。

安いといえども、友達のご主人の定宿《じょうやど》ですから、そこは安心していました。

しかし、ドアノブに手をかけて、部屋に入ろうとしたときに、少しびっくりすることが起きました。

目の前を、一枚のバスタオルがひらひら舞ったのです。部屋に一歩入って、ドライヤーの風の音に気づくよりも前のことでした。ともかく、ドアノブをひねり、ドアを内側に押して目を上げると、そこを一枚の赤いバスタオルが飛行していたことになります。

ゆるやかな放物線を描いたそれは、壁に作りつけた小さなデスクの前に置かれていた一人がけの椅子《いす》の背に着地しました。部屋には、その二つの家具の他は、シングル用のベッドがあるきりでした。

あの不思議なヘアスタイルの親父さんが、部屋を間違えたのかもしれない。まだ、準備のできていない部屋の鍵を渡されたのかもしれない。

そう思って、フロントにとって返そうかとも思ったのですが、「東京温泉飲料用」のことを思い出し、部屋に入ってしばらく思案していたら、お風呂場《ふろば》のドライヤーの音が止《や》みました。きゅう、という、ゴムとゴムが擦《こす》れるような音がして、ユニットバスのドアが開きました。

少し怖くなり、動けずに立ち尽くしていると、ハッロー、と言いながら、バスローブを着た女の人が私の前に現れました。

外国人の女の人が、ふさふさした長い黒髪をなびかせて登場したので、いよいよこれは部屋を間違えたのだと思い、エクスキューズミーと言って立ち去ろうとすると、ユー、エクスキューズミーと、にこにこしながらその女性は言うのです。

「ワッルーイ、アナタ、ナイナイ」

私が部屋を去る必要はない、とジェスチャーで示すのでした。

最初は、何を言っているのだかさっぱりわかりませんでしたが、悪意がないことはわかったので、私はひとまず荷物を置いて、その外国人の女性にベッドに腰掛けるように勧め、自分は一人がけの椅子に座りました。

生命保険の仕事を長いことやっていたおかげか、私は人の話を聞くのがわりあい得意です。こればかりは、うぬぼれではないと、友達も保証してくれます。

人の話を聞くのには、コツがあります。

こちらがじゅうぶんリラックスしていれば、相手も心を開いてくれるものです。

その際、言葉が通じるかどうかは、そんなに重要なことでもないと思っています。表情とか、手振り身振り、わずかに共通して理解できる単語さえあれば、話を聞くのは、そんなに難しいことでもないのです。

私はその女性の話を聞くことにしました。

驚いたことは驚いたけれど、何か事情があるのだろうと、目を見てわかったからです。

赤いバスローブを着た黒い髪の三十代女性は、自分自身を、たいへん遠い国から働きにやってきた者だと説明しました。

「トオーイイイ、トオーイイイノクニカラ、キマシタ」

と言うのです。トオーイイイノクニが、ただ単に、外国のことだとわかるのに少し時間がかかりましたが、その後はからんだ糸がほぐれるように彼女の言うことがわかるようになりました。

言ってみれば、実際の耳ではなく、心の耳で聞いたからです。

私はすぐに彼女が好きになりました。

彼女が生まれた国は、とても貧しい国だったので、自由を得ようと働き口を探した女性は、とうとう日本の首都東京にたどり着いたというわけです。

彼女が初めて職を得たのは、郊外にある、お弁当工場でした。

そのお弁当工場では、彼女と同郷の仲間が何人か働いていて、いっしょに働こうと誘ってくれたのだそうです。

ちなみに、彼女の名前はマリアナと言います。

マリアナはお弁当工場で三ヶ月の間、元気で働いていたのですが、工場長によるセクシャルハラスメントに断固として抗議の声を上げたために、首を切られてしまったのだそうです。しかもそのハラスメントは、マリアナに対してのものではなく、同僚の日本人女性に対してなのだというから、驚くではありませんか。

その日本人女性は妊娠三ヶ月で、身重の体で働いていましたが、工場長が仕事中に工場裏に呼び出して無理やり関係を迫ったのだそうです。仕事中にです。

義憤にかられたマリアナは、同僚たちを募ってストライキをしようとしたのですが、事前にことが発覚して、彼女だけ馘《くび》になってしまいました。

悲しい話です。

でも、明るいマリアナは、その件は会社の上層部に伝わって、工場長も別の部署に飛ばされたし、何より妊娠中の彼女が首を切られたのではなくてよかった、ぎりぎりまで働いて、無事に女の子を出産したから、と笑うのでした。

　言葉が通じないのに、なんでそこまでわかるのかと思う人もあるでしょうが、人間というのはそうしたものです。互いに理解しあう心があれば、通じないことなどありません。

　話を聞いているうちに、マリアナの三歳になる娘が母国でマリアナの年老いた父親とともに、彼女の仕送りを待って苦しい生活を送る姿までが浮かびました。突然、涙がこみ上げてきて、止まらなくなりました。そして私とマリアナは、抱き合って泣いたのです。

　マリアナは、お弁当工場を馘になった後、都心に出てきて、はげ親父のホテルの掃除のパートに入りました。

　しばらくして、ここも馘になったのですが、他に行くところもないので、いまでもここに住んでいるというのです。夜は、お酒を飲ませるところで仕事を見つけました。

　住んでいるといっても、きちんとお金を払っている様子ではなかったので、どうやって住んでいるのかと訊《たず》ねると、働いていたころに鍵を盗んですべての部屋の合鍵を作り、夜間出入り口から出入りしているというのです。はげ親父はマリアナを馘にした後、経費節約のために自分で掃除をしてまわっているのですが、掃除用具の入ったカートをやたらと大きな音をさせて引っ張りまわす癖があるので、その時間に空き部屋を物色しては、好きなように入ったり出たりして暮らしているということでした。

もともと清掃をやっていたので、部屋をきちんと整えることは得意で、たとえバスルームを使っても、ちり一つ、髪の毛一本残さず片付けておくことができるのだし、ホテルの備え付けのタオルや歯ブラシは使わず、ベッドも皺《しわ》になるので使わず、寝袋と自前のタオルを持参しているのだとマリアナは言いました。

そういえば、ドアを開けたときに目の前に舞ったタオルが赤かったことを、私はこの話で納得しました。ホテルのタオルといえば、そこが安かろうと高かろうと都会でも田舎でも、たいていの場合、白が基本でしょうから。

長い物語を語り終えると、マリアナは、「サッヨナーラ」と言って、部屋を出て行こうとしました。店に出る時間なのだそうです。

「今日、泊まるところはあるの?」

と訊ねると、ゆっくりと首を横に数回振りましたので、私は、

「ここに戻ってきたら?」

と、提案しました。

私は一人きりでしたから、夜中に彼女が部屋に来て、寝袋で寝たり、赤いタオルで体を洗ったりしても、かまわないような気がしたのです。それよりも、東京の寒空の下で、寝る場所もなく震えて一夜を過ごす彼女のことを考えると胸が痛みました。

マリアナはとても喜んで、出かけていきました。

真夜中の二時過ぎに部屋に戻ってきて、私が起きたときは床に寝袋を置いて熟睡していました。

「起こさないでください」の札を下げて、私は部屋を後にしました。その日は、大きなホテルの会場で、保険外交員の研修があったからです。

大きなホテルへは、地下鉄を乗り継いで出かけました。

その場所がどこだったかも、定かには覚えていません。方角的には、南の方向だったのではないかと思います。

地下鉄の中では窮屈な思いをしました。大都会の通勤ラッシュというのは、噂《うわさ》には聞いていても実際に遭ってみないと想像もできません。ドアからどんどんどん人が入ってくるので、体が前に傾いて傾いて、小柄な私はとうとう宙吊《ちゅうづ》りのような状態になって、左足の先から靴がぽろりと抜けました。

東京へ出てくることが決まってから、奮発して購入した新しいパンプスでしたから、失《な》くしたいとは思いませんでした。

そこで私はつま先をうんと伸ばして、なんとかパンプスをひっかけて降りる駅まで捕まえていようと思って、人知れず努力をしました。あんなに一生懸命足の先を伸ばしたことなど、生涯一度きりです。指の先から始まって、くるぶし、ひざ、股関節《こかんせつ》と、順番に蝶番《ちょうつがい》みたいな部分が外れていってしまうのではないかというくらい、じゅうぶんに伸ばしました。しかし、靴はこそりとも触れません。

それどころか、次の駅に着いて、奥のほうの人が「降りま～す」と金切り声を上げ、それに応じて人波がまた、外から掃除機で吸われてでもいるような勢いでどんどんどんどん排出されていくうちに、どうやら私の足も床面を踏んだのはよかったのですが、左足から脱げたパンプスは人といっしょにころころ床面を転がっていき、プラットフォームと電車の間にできた、地底への吸い込み口のような黒い裂け目の中に、あっというまに落ちていってしまったのです。

さようなら、私のパンプス。

それから二駅ほどして、私は目的の駅につきましたが、こういうときどれくらい心が沈むものか、お気に入りの手袋や傘を失くしたことのある人なら想像がつくでしょうか。

しかも、私の場合、片一方の靴だけで東京を歩かなければならないという恥ずかしさがつきまとうので、ただ、お気に入りを失くしたのとは、また一味違った悲しみを味わわなければなりませんでした。

インセンティブの研修会が開かれる大きなホテルの一階で、私は靴を買いました。他に靴屋さんを見つけるのも困難でしたし、まあ、これも東京土産になるかしら、と思ったのです。「東京温泉飲料用」の次に買った、私の二つ目のお土産です。たいへん高くつきました。会社が経費でくれる三日分の宿泊代から、あの安宿の代金を引いたくらいのお金がかかりました。

それでもいいと思ったのは、片足にだけ新しいパンプスを履いて、妙な歩き方で現れた私に対して、ホテルの一階のシューズ・ブティックの店員さんがたいへん親切だったからです。

「よくあることですわ。誰《だれ》でも一度は経験するものです」

目を三日月のように細めて、にこやかに彼女は言いました。私とあまり年齢は変わらず、ベテランの店員さんのように見受けられました。

「東京は初めてでいらっしゃいますか？　○○生命レディースの方ですね」

よどみない標準語で、その方は言いました。ホテルで研修があることを知っていたようでした。

「普段は、満員電車にお乗りになることはあまりございませんですかしら」

私がはい、と答えると、

「それでしたら、満員電車用吸湿圧縮性本格牛革パンプスは、お勧めしなくてよろしゅうございますね」

と言うのです。

満員電車用吸湿圧縮性本格牛革パンプスというのは、このベテラン店員の説明によれば、満員電車に毎日乗る東京のＯＬは、少なくとも一人二足は持っている人気商品だということでした。

「満員電車で窮屈な思いをしますと、おしくらまんじゅうのような状態になりますので、どうしても汗をかきます。この原理を応用した商品で、汗を吸湿した本格牛革が、一時的にふんわりと膨らんで、足先全体に、よりフィットした形になりますので、満員電車内での不測の〝脱げ〟が未然に防げる構造になっております。同時にもちろん、銀糸と竹炭を縫いこんだ繊維のメッシュが優れた抗菌効果を発揮しますし、電車を降りて開放的な空間に戻りますと、靴も自然に締めつけを止めるような都市対応の機能がお客様のニーズに応《こた》えた商品として長年愛用されております」

それを聞くと、私も欲しくてたまらなくなりました。少なくともこの日と翌日、満員電車に揉《も》まれることを考えたら、この満員電車用吸湿圧縮性本格牛革パンプスなくして、研修に臨むことなどできようはずもない気がしてきたのです。

それに、ホテルを歩いている女性、誰も彼もが、これを履いているとしか思えなくなってきました。

「わたくしも、こうして」

と言って、ベテラン店員は、黒いパンプスを履いたきれいな足をすっと出しました。

「もちろん、満員電車に乗らない方にも快適にお使いいただけますし、まめに靴底を補強して、油をときどきすりこんで手入れするのさえ忘れなければ、五年、十年持つ本格的な牛革靴です。さらにすばらしいのは、満員電車でなくても、『あ、脱げる』と思ったときに働く機能性を持っていることです」

人間は、危機に直面すると、必ず汗をかく。その原理に基づいて設計されているため、この靴が対応できるのは、ありとあらゆる危機的状況だ、と説明されては、高額商品も惜しくは思われませんでした。

大切に使っているので、いまでも私の靴箱にあります。じゅうぶん、元は取ったように思っています。

インセンティブ研修の会場はたいへん広く、天井からはシャンデリアが何灯も下がっていました。おいしそうなお料理の匂《にお》いも漂ってきました。研修とはいっても、ランチ会がメインイベントなのです。

壇上には社長さんや人事部門の偉い方々、そして会場を埋めているのは、私のようなセールスレディーたちです。私は「南日本」と書かれた、比較的広い範囲を示すボードの立っているテーブルに誘導されて、名札の置かれた席に座りました。

社長さんのお話、人事部門の偉い方々のお話に続いて、有名な芸能人によるトークイベントがありました。とても有名な方で、とくに主婦層にファンが多く、集まったセールスレディーにも、この方がお目当てで出かけてきたという人もたくさんいて、会場はとても盛り上がりました。ただ、残念ながら私はあまり芸能界に興味がないので、この人が誰なのか、そのときも知らなかったし、いまも知りません。あまり品のよくない芸人さんで、どこがいいのかさっぱりわからなかったのを覚えています。

目にも美しいフレンチのお食事をいただきながら、新商品の説明も受けました。お皿に盛られた野菜が色とりどりの小さいはっぱで、その上に炒《いた》めたキノコがたっぷり載って、またその上にピンク色のお肉が載って、全体に甘酸っぱい赤茶色のソースがかかったものがメインだったのを覚えています。お世話になっているワインメーカーさんから試供品がプレゼントされたということで、一人グラス一杯の白ワインもついていました。

でも、二日間に亘《わた》った研修のことは、正直言ってあまり記憶に残っていません。学校の勉強や、講習会のようなものですから、楽しいものでもないのです。

研修を終えると、最初の日はまっすぐホテルに帰りました。私の性格からいって、半分は仕事である研修を終えないうちは、観光して騒ぐ気分にはなれなかったのです。

それでも、新しい素敵な靴を履いていましたし、インセンティブのお土産もたくさんいただきましたから、とても楽しい気持ちでした。お化粧品やら調味料やらお菓子やら、お世話になっているメーカーさんから提供された試供品などがどっさり詰まった福袋は、旅行を終えてからもしばらく生活を豊かにしてくれたものです。


私が忘れられないのは、二日目の研修を終えてホテルに戻ろうとしたときのことです。

その日はマリアナが、彼女の働くお店に連れて行ってくれることになっていました。どんなお店かはわかりませんが、楽しい東京の夜になりそうだと思っていました。

そして、前の日と同じ道をたどって、何度も地下鉄を乗り継いで、ホテルのある駅に戻ろうとしたのですが、とつぜんきゅいーという音がして、電車が地下で止まってしまったのです。

朝よりは少ないとは言うものの、人いきれで蒸すような車内でしたから、乗車している人たちの不快指数は上がる一方で、しばらくして、「停止信号により、運転を中止しております」という放送が流れると、舌打ちのような音が聞こえました。

それでも、こんなことには慣れているのでしょうか、誰も取り立てて騒ぐようなこともありませんでしたが、やっと列車が動きだしてから困ったのは、

「××から△△まで、運転を中止いたしました。お急ぎの方は、○駅にて×○線、JR線、□駅にてSS線、TY線にそれぞれお乗り換えください」

という、まったく意味不明のアナウンスが流れたことです。

何をどうしたらいいかわからないまま、私は○駅で、といって、その○駅という駅名も、いまでは定かではないのですが、ともかく○駅で放り出されてしまいました。

仕方がないので、道行く人や駅員さんに訊《き》いて、もときた駅に戻ろうとするのですが、

「ここで○△線に乗り換えて」

とか、

「あそこへ行くならむしろ□△線のほうが早い」

とか、

「ここまで来ちゃったんなら、ST線で☆☆まで行って、それから□□線だ」

とか言うのを、いちいち真に受けて乗り換えていたら、わけがわからなくなってしまったのです。

よほど必死で歩いていたのでしょう。満員電車用吸湿圧縮性本格牛革パンプスが、ぴたりと足裏に吸いつき、痛いほどでした。

自分の勘を頼りに、エイヤッと飛び込みでもするくらいの意気込みで、朝乗ったのとよく似た色合いの電車に乗ってみたのですが、よく考えたら、あれは地下鉄で、これは

地上を走っているという具合です。

しかも、目の前の駅をどんどんすっ飛ばして、郊外へ、郊外へと走り続けるではありませんか。

密集していた背の高いビルが、しだいに遠くなっていきました。平屋やマンションが並ぶ住宅地を走っているあたりまではよかったのですが、畑が広がり、山が近くなり、空が藤色《ふじいろ》に染まり、しまいにはまったく暗くなってしまい、とうとう電車はトンネルをいくつも抜けてしまいました。

私はいったい、どこに行ってしまったのでしょうか。

やっとの思いで、どこかの駅に降り立つと、駅員さんに特急料金を請求される始末です。

帰りの電車の時刻を見ると、一時間も待たなければ、東京へ帰る特急はないことがわかりました。

仕方がないので、座席の券を予約して、いったん私は駅の外に出ました。

駅の向かいには、神社が建っていました。

お祭りでもあるのでしょうか、提灯が並んでいたのです。

とくに信心深いほうでもありませんが、そのときの私は何かにすがってでも無事を祈りたい気持ちだったので、やたらと時間もあることですし、境内を覗《のぞ》いてみることにしました。
入ろうとして、鳥居の右脇を見ると、
「うしろゆび
さされることは
しりながら
おだてられれば
のぼせる
わたし」
という、七五調の文句が貼り出されていました。
川柳のようなものか、それとも宗教家が近隣住民へ警句として掲げたものか、まったくわかりません。それでも、語呂《ごろ》がいいというか、覚えやすいというか、いろんなことを忘れていてもこれは覚えているのですから、よくできたものなのかもしれません。
その妙な言葉に見とれていると、誰かが私の肩をとんとん、と叩《たた》きました。
こんなところに知り合いはいませんから、私は飛び上がりそうなくらい驚きました。
「手相を見せてください」
振り向くとそこには、痩《や》せた、あまり健康そうでない青年が立っていました。

「私は手相を勉強している者ですから、無料で診断させていただきます。ぜひ、手相を見せてください」

青年が、あんまり一生懸命なので、気の毒になって手を見せると、

「あなたは今日、電車でトラブルに遭いましたね」

と、青年は言いました。

当たっている、と私は思いました。

その他、私が一人暮らしであることや、実家が商店を営んでいたことなども見事に当てられてしまいましたので、これは只者《ただもの》ではないと私は思いました。

「この先、境内に進みましたら、祠《ほこら》の脇の白い砂を五百ミリリットルのペットボトルにいっぱい詰めて、家に持ってお帰りください。そして、アパートやマンションでしたらベランダの、一戸建てでしたら敷地の、東西南北の隅にそれぞれ四分の一ずつ、こんもり盛ってください。それで、あなたの家運がアップします」

そう、青年が言うのです。

敷地いっぱいまで家が建っていたらどうすればいいのか、ベランダが西側にあるとしたら、結局西北と西南にしか砂が盛れないことになるが、それはどうしたらいいのかなど、私は突っ込んで質問をしてみました。

すると、

「ともかく盛ることに意味があるので、部屋の中でもかまわない」

と、青年は説明を変えました。

しかし、問題は、私がビニール袋も紙袋も、ペットボトルも持っていないことでした。するると、青年は懐から空のペットボトルを出し、

「お役に立つなら、百円でお売りします」

と言うのです。

そこで私は、空のペットボトルを青年から買いました。

提灯は下がっていたけれど、境内には人影がなく、お祭りは翌日か、翌々日か、ひょっとするともう終わってしまったのかもしれません。

ひっそりとした祠の脇で、さらさらした砂を採取していると、何やら厳かな気持ちになってきました。私の三つ目の東京土産です。

それから、私は駅に戻り、ホームでのんびり特急を待ちました。

懐に、開運の白砂があったので、少し豊かになった気分でした。

特急といっても、飛ぶような速さではなかったので、どこか寂しげな東京郊外の駅を、一つ一つ噛《か》みしめるように確認しながら、大きなホテルに近い駅まで戻りました。

幸いにも地下鉄はすでに復旧していたので、私はようやく、宿に戻ることができました。ずいぶんと遅くなっていたので、マリアナは一人で仕事に出かけたようでした。き

れいとは言えない字で、「よるにかえいます」と、意味はわかるけれども、明らかに間違った置手紙がありました。

その夜は、とても疲れていたので、シャワーを浴びて、ぐっすり眠りました。

何を食べたか、覚えていません。


いつのまにか帰ってきたマリアナは、床に転がって小さな寝息を立てていました。

私たちが起きたのは、朝の十時過ぎでした。

マリアナは、私を連れて東京でいちばんいいところに行きたい、と言いました。

その日は日曜日だったので、マリアナも仕事が休みでした。

地下鉄をいくつも乗り継いで、とても広い場所へ出かけました。広場か公園か、そんなようなところです。

空は青く澄んで、広場では鳩《はと》がのんびり散歩をしていました。広場の奥には、森のように見える木々が広がっていました。

そこにはいくつも公衆電話がありました。灰色の公衆電話です。

たくさんのマリアナたちが、というのも、私はマリアナ以外の彼女たちの名前を知らないからなのですが、マリアナそっくりの黒髪の女性たちが、嬉々《きき》として電話をかけていました。

どこへ電話しているのか、訊かなくても私にはわかりました。彼女たちは、母国に電話をかけているのです。不思議なことに、マリアナたちの使っているテレホンカードは、常に「0」を指していました。それなのに、彼女たちは愉快そうに、故郷に残している家族や友達と話をしているのです。

それは永遠に続く電話のようでした。マリアナはとても幸福そうで、私もとても嬉《うれ》しくなりました。

私は電話で、マリアナの三歳の娘と話をしました。

話といっても、何を言ったらいいかわからないので、チュッチュッチュとか、そんなようなことを言ったのですが、それでも気持ちが温かくなりました。

あれは、なんという広場だったのでしょう。

いまでは、公衆電話はないのでしょうか。私の住む田舎町でさえ、公衆電話はずいぶん撤去されてしまいました。

いまでも東京というと、青い空の下、公衆電話に並び、おしゃべりをしながら順番を待つマリアナたちのことを思い出します。

東京でいちばんいいところ、と、彼女が嬉しそうに言ったのを思い出します。

それから私たちは、マリアナの友達の家に行ってごはんをごちそうになりました。甘酸っぱい味付けの、鶏《とり》のグリルのようなものを食べました。

私たちは、午後中マリアナの友達の家で過ごし、夜はカラオケに行きました。彼女たちはとても上手に、日本語の歌を歌ったものでした。

私の東京最後の夜です。


翌日の朝早く、マリアナは東京駅まで見送りに来てくれました。

彼女は泣いて、私にキスをしました。

私は満員電車用吸湿圧縮性本格牛革パンプスを履き、「東京温泉飲料用」と、ペットボトルいっぱいの白砂をしっかりかばんに詰めていました。

窓から、手を振るマリアナと東京駅を眺めました。

ビルがだんだん遠のいて、田や畑が広がっていき、それがまた住宅の密集する場所にたどり着き、大きな街を越える、それを何度か繰り返して、私は帰ってきました。

あれはずいぶん前のことです。

私が東京の話をすると、町の人たちはみんなびっくりします。

ディズニーランドも東京タワーも浅草の観音様も見ない観光なんて、信じられないと言うのです。

それでも、あれは素敵な思い出です。

灰色の公衆電話と、家族と話す黒い髪の女たち。

あれが東京のいちばんいいところと、いまでも信じているのですが、もう、そんな光景は見られないのかもしれません。

# あとがき

　ここに収録された短編は、雑誌やウェブマガジンや単行本のアンソロジー企画などに応《こた》えて、いろいろな媒体向けに書いたものです。五、六年くらいの間に書いたと考えると、それが長いんだか、短いんだか、自分でもよくわからなくなります。

　つまり、長い人生の尺で考えれば、そんなのはほぼ同時期になるだろうけれど、自分にとってはデビュー後、ようやく注文仕事が来始めてからの五、六年間だから、ゲラを読み返すと感慨深いわけです。

　七編あるうち、「ゴセイト」「天井の刺青《いれずみ》」「ポジョとユウちゃんとなぎさドライブウエイ」はそれぞれ、ヤングアダルト向けの放課後小説アンソロジー、女性誌の恋愛小説企画、女性作家が競作する旅小説特集のために書き下ろしました。こんなふうに、読者層や雰囲気が限定されると、それに向けて書こうと、よく言えばサービス精神、悪く言えば迎合精神が発揮されるようです。内容も文体も媒体を意識しているのが、自分の目から見るとはっきりわかって興味深かったです。「コワリョーフの鼻」も、出版社の記念事業で「再生／再出発をテーマにした短編を」と依頼されて書いたのですが、こちらの場合、「再生」という漠然としたキーワードの他は、読者層などの細かい指定がなかったので、かなり好きなように書いてしまいました。ウェブマガジン誌上に発表した「植物園の鰐《わに》」「シンガポールでタクシーを拾うのは難しい」「東京観光」は、時期も比較的最近だし、小説好き読者向け媒体ということもあって、のびのび書いている気がします。

投げられた球（注文）を打ち返すのでせいいっぱいだった初期と、少し気持ちに余裕の出てきたその後で、作品に大きな違いがあるかと思って読み直してみたら、そんなこともなくてびっくりしました。これは、作家としてあまり進歩がないとも言えるし、もしくは、バラバラに書いているようにみえても、自分らしさというものはおのずと表れるものだなあと、考えることもできるでしょう。とりあえず前向きに評価していこうと思います。

作家デビューして十一年。人からは「いろんなものを書く」と言われてきました。プラス評価もあるけれど、「そんなにいろんなものを書いているとイメージが定まらずに損をする」と言われたこともあります。それはもしかしたら正しい分析なのかもしれない。でも、「いろんなものを書き」つつ、「イメージを定まらせる」唯一の方法は、テーマやスタイルが違っても書き続けていって、そのたくさんの違うものの中に共通に「定まるもの」を読者に見つけてもらうしかないんじゃないかなと、いまは思っています。そういう意味でこの『東京観光』は、バラバラだけど全部中島京子という、アソートボックスのような作品集として楽しんでいただけたらうれしいです。

初出原稿を受け取ってくださった各社各誌の編集者各位、長い時間をかけてこれらを一冊にまとめてくださった集英社の今野加寿子さん、文庫化に際してお世話になった栗原佳子さんにお礼を申し上げます。

平成二十六年七月十五日

中島京子

## 参考文献

『鼻行類 新しく発見された哺乳類の構造と生活』 ハラルト・シュテュンプケ著 日高敏隆／羽田節子訳 平凡社ライブラリー

『外套・鼻』 ゴーゴリ著 平井肇訳 岩波文庫

# 解　説

榎本正樹

小説家にとって短編小説とは、どのような意味をもつジャンルなのであろうか。みずからの文学の世界観を凝縮させたエッセンスとして、実験的試みの場として、来《きた》るべき長編小説のための習作《エチユード》として、さらにはコンセプトやテーマを明確に浮かびあがらせるための手段として、短編小説は書かれるのではないだろうか。中島京子は長編小説の書き手であり、短編小説の書き手であり、連作短編小説の書き手である。中島の創作活動において、長編と短編は偏ることなく配置されている。

著者自身が「あとがき」で書いているように、本書所収の短編はウェブマガジンやアンソロジーや女性雑誌など、複数の媒体に発表されたもので占められている。事前に依頼元からテーマを示された短編もある。発表媒体やテーマは「緩やかな縛り」として、直接、間接に各短編の人物設定や物語内容に影響を与えている。そしてそのことが、七つの短編それぞれのスタイルを際立たせ、結果として中島が言うところの「アソートボックスのような作品集」としてのバラエティに富んだ短編集を成り立たせている。

収録短編中もっとも古いものは「天井の刺青《いれずみ》」（07・1）であり、直近の作品は「シンガポールでタクシーを拾うのは難しい」（11・4）である。二つの短編の間には四年以上の開きがあるが、この時期を中島の作品年表に照らしてみると、『桐畑《きりはた》家の縁談』（07・3）から『花桃実桃《はなももみもも》』（11・2）までに相当する。初期から中期に入り、良質な作品を次々に発表し、『小さいおうち』（10・5）で直木賞を受賞する時期にあたっている。『東京観光』収録作は、そのような作家的成熟期に書かれた短編群なのである。

冒頭に置かれた「植物園の鰐《わに》」は、ある目的で植物園を訪れた女性の話である。作中の植物園のモデルは、東京大学大学院理学系研究科附属植物園（通称、小石川《こいしかわ》植物園）であろう。鰐に会えるとの噂《うわさ》を聞きつけたタミコは植物園に赴くが、なかなか目的地の温室に辿《たど》り着けない。タミコを引きとめ長々と説明する老人。銀杏《いちょう》の精となった曰《いわ》くを語る大道芸人。薬草園の主《ぬし》である漢方薬の専門家。車椅子《くるまいす》を押す不思議な中年男。タミコの前に次から次へと現れる奇っ怪な人々によって、鰐との出会いは妨げられ、引き延ばされる。

目的の場所になかなか辿り着けない「迂回《うかい》」の運動こそが、この短編を突き動かす。タミコの迂回のプロセスは、ＲＰＧ的な探索譚《たんさくたん》として読むことを可能にするかもしれない。そしてまた、突然明らかにされるタミコと鰐の確執は、人と鰐との異種交流譚を想起させるが、タミコのひと言によって、読者は幻想から現実へと一気に引き戻される。

植物園の白い鰐は、かくして関係の断絶のメタファーとなる。「植物園の鰐」は紛《まご》うこと無き愛の物語である。

「ゴセイト」もまた、寓意《ぐうい》の力によって人間の深い感情を描いた作品である。放課後にひとりでいる生徒に話しかけてくる不思議な存在ゴセイト。ゴセイトとは、実在と非実在のはざまを漂うゴースト的存在である。中二の「わたし」の前に現れた「制服を着たおじさん」のような大人びたゴセイトの古野《ふるの》は、時に蘊蓄《うんちく》を傾けつつ、さまざまな話を「わたし」とする。同性の菅沼《すがぬま》に恋した古野の行動は徐々にエスカレートしていくが、菅沼が下級生のしほりに好意をもっていることが明らかになることで、「わたし」は奇妙な三角関係の場に部外者として引きこまれていくことになる。

異性であることを特に意識することなく、自由気ままに語りあえる古野は、「わたし」の心の拠《よ》り所であった。あるできごとの後、「わたし」は古野を失う。古野との別れは、「わたし」が無意識に抱いていたある感情とつながっている。古野は、思春期ならではの情動が生みだした幻覚だったのだろうか。古野とのやり取りのすべては、自己内対話の産物だったのだろうか。本作は、歳を重ね小説家となった「わたし」が、かつてを振りかえり物語として再構成するというメタフィクションの構成が採られている。言葉に置き換えられた「わたし」の体験はリアルに迫ってくる。思春期という特別な時間を描いた秀作である。

「植物園の鰐」も「ゴセイト」もある種の奇譚として読むことができるが、収録短編の中でもっとも奇抜な作品が「天井の刺青」だろう。同じアパートの下と上の階に住む男と女。男の部屋の天井に描かれた裸の女の絵。滴り落ちる水滴。部屋の交換を申し出る男。エロティックで秘密めいた状況設定と物語進行はホラーやサスペンスを志向している。

絵のモデルとなった「長い髪をした細面の女性」が実在し、「見ることの欲望」が極限に達した男がアクションを起こすその瞬間に山場が訪れるはずだが、予想は見事に裏切られる。この短編の最大のピークは後日譚のシーンにある。あかりがある場所で、年下の女性に打ち明け話として語る物語の全容が明らかになる瞬間、読者に衝撃がもたらされる。日常的な営みの中にこそホラーが潜むことを、この作品は証明している。

中島京子の『ツアー１９８９』（06・5）は、「迷子つきツアー」という奇妙なパッケージツアーに参加した人たちの過去と現在を照応させることで、記憶の非連続性の問題に迫った「観光小説」である。中島ならではの「観光」への着眼は、本短編集においても踏襲されている。

「シンガポールでタクシーを拾うのは難しい」は、結婚五年目のお祝い旅行でシンガポールを訪れた夫婦の物語。見知らぬ土地への二人旅は、往々にして二人の「距離」を際立たせてしまう。それが夫婦であればなおさらである。決裂寸前の夫婦を救うのが、クールネスを標榜《ひょうぼう》するフィリピン人男性のエミリオであり、彼を追ってきた巨漢のオペラ歌手である。

　人生の真実を高らかに語るエミリオとオペラ歌手は、夫婦に和解のきっかけを与える。ここにあるのは言葉の贈与だ。旅は夫婦に叡智《えいち》をもたらす。物語のラストで短編の重要フレーズは、「知らない土地でタクシーに乗るのは難しい」と言い直される。タクシーを「拾う」ことさえままならなかった二人は、タクシーに「乗る」ことができるようになる。ささやかであるが確実な人生の一歩が表現された結末である。

「ポジョとユウちゃんとなぎさドライブウェイ」は、十九歳の女子二人の「三日間の珍道中」だ。幼なじみのユウちゃんの傷心旅行に運転手として付きあわされるはめになったポジョは、ユウちゃんの計画通りに観光地を巡る。ポジョの頭を支配するのも、「シンガポールで…」の妻が抱いた感情と同じく反発と苛立《いらだ》ちだ。ヒデと名乗る青年の突然の出現が一つの契機になる。ヒデはユウちゃんに、「好きじゃない男」として「あっさり無視」された一人であろうか。本作でも他者の介在が関係修復のポイントとなる。ポジョはユウちゃんをわがままで押しが強い友人と思いこんでいるが、そのユウちゃんは旅を通して揺れ動くポジョの気持ちを気にかけていた。ユウちゃんに投げかけられた言葉によって、ポジョは忘れていた自分のあだ名の由来を思いだす。

　二人で観光地を巡るというのは、風景を共有するということだ。千里浜《ちりはま》なぎさドライブウェイの白い砂浜に寝ころぶ二人の姿は、風景に溶けこみ、一体化している。ここで二人は自身を風景化している。観光という非日常がもたらした奇跡的な一瞬は、二人の記憶に深く刻みこまれ、いつかどこかの未来の時に二人を支えるだろう。

　表題作のタイトル「東京観光」は、この短編が観光小説であることを高らかに宣言するものであるが、ガイドブック的な意味での「東京観光」を描かないことで、逆説的に「東京観光」を描く高度な手法が採られている。

　南日本の「とても小さな地方の町」から研修のためにやってきた保険外交員の「私」の三泊四日の東京滞在の日々は、外国人女性マリアナとの出会いによって、東京のリアルな現実を知る旅となる。「貧しい国」から東京に働きに来たマリアナにとっても、東京は一時滞在の場所だ。二人にとって東京は人生のあるタイミングの中で通過するトランジットな場所に過ぎない。東京は、彼女らのように移動し通過する人々が生みだすダイナミズムに支えられている。

「私」の移動もまた、「植物園の鰐」のタミコのような迂回を含んでいる。「私」の「東京観光」は、「東京温泉飲料用」の缶詰めや「満員電車用吸湿圧縮性本格牛革パンプス」や「開運の白砂」を獲得する旅でもある。珍妙でシュールなこれらのアイテムは、ガイドブックに頼らない彼女が、自分自身のフットワークによって手にした「東京土産」である。物語の時間は八〇年代後半から九〇年代初頭、変造テレカが流通していた時代と推定される。「私」にとっての東京は、かつてその目で見た「灰色の公衆電話と、家族と話す黒い髪の女たち」の記憶に集約している。常に流動し、書き換えられていく東京の街を観察し、言葉として書き留めることができるのは、「私」のような東京の外にいる人間なのかもしれない。

直木賞受賞作家という経歴は、時にその作家のイメージを固定化してしまう。しかし、現代において、芥川賞＝純文学、直木賞＝大衆文学（エンターテインメント）というような単純な図式は通用しなくなっている。芥川賞候補作の多くは文芸雑誌に掲載された短編・中編小説であり、直木賞候補作の多くは新聞や中間小説誌に掲載され単行本化された長編小説である。実験性を重視するか、物語性に重きを置くかという違いも（例外はあるにしろ）指摘できる。中島京子の文学性は直木賞のカテゴリーから逸脱するものだ。たとえば江國香織や角田光代の文学がそうであるように。

「コワリョーフの鼻」は文芸雑誌に掲載されても違和感のない、思弁的考察に裏づけられた短編である。主婦たちの「鼻を鍛える話」や、夫に聞かされた「鼻がとれる話」を出発点に、「私」は鼻をめぐる博物学的考察へと誘われていく。ゴーゴリの「鼻」に話が及び、「鼻」の物語分析が行われていく過程こそが、本作最大の読みどころだろう。本作はゴーゴリの「鼻」の「解釈小説」である。

ここで、中島のデビュー作『ＦＵＴＯＮ』（03・5）を想起してみるべきかもしれない。自然主義文学を代表する田山花袋《たやまかたい》の『蒲団《ふとん》』を鮮やかに脱構築してみせた中島の技巧の実践は、その後発表された作品においても近代（文学）批評として継承されている。本作は『FUTON』の系譜を受け継ぐものだ。「コワリョーフの鼻がなぜとれたのか」という問いを、「私」が隠し持っていたある秘密につないでいく手腕は見事というほかない。コワリョーフの鼻をめぐる解読に事寄せた「私」の「告白」は、夫婦の和解をドラマチックに演出する。かくして「私」と夫は「物語」に救われる。

長らく抱えていた心の障壁を乗り越えた夫婦は、新たな関係へと押しだされていく。「彼の鼻の調子もよくなってきた」ことの真の意味を、この短編を読んだ読者はすぐにも了解するだろう。ハッピーエンドでグッドエンドの物語である。

（えのもと・まさき　文芸評論家）

初出

植物園の鰐
集英社ＷＥＢ文芸「レンザブロー」（二〇一〇年三月）
シンガポールでタクシーを拾うのは難しい
集英社ＷＥＢ文芸「レンザブロー」（二〇一一年四月）
ゴセイト
『ピュアフル・アンソロジー　放課後。』ジャイブ株式会社（二〇〇七年七月刊）
天井の刺青
「マリ・クレール」アシェット婦人画報社（二〇〇七年一月号）
ポジョとユウちゃんとなぎさドライブウェイ
『旅を数えて』光文社（二〇〇七年八月刊）
コワリョーフの鼻
『Re-born　はじまりの一歩』実業之日本社（二〇〇八年三月単行本刊／二〇一〇年十二月文庫刊）
東京観光
集英社ＷＥＢ文芸「レンザブロー」（二〇〇八年一二月）

本書は二〇一一年八月、集英社より刊行されました。

中島京子の本

## さようなら、コタツ

15年ぶり、しかも誕生日に恋人未満の男を部屋に呼ぶことになった36歳の由紀子。有休とって準備万端、と思いきや……。表題作ほか卓越したユーモアでつづる、七つの部屋の物語。

集英社文庫

中島京子の本

## ツアー1989

15年前の香港ツアーで日本に戻れなかった大学生がいた。彼に関わった人間たちの記憶は、肝心なところが欠落している。一体彼に何があったのか。不思議なツアーをめぐる物語。

集英社文庫

中島京子の本

## 桐畑家の縁談

27歳独身、無職で妹宅に居候中の露子。急な妹の結婚話で自活を迫られるが、職探しは難航、彼氏のプロポーズにも乗り気になれない。ユーモラスでちょっとビターな結婚小説。

集英社文庫

中島京子の本

## 平成大家族

三十路のひきこもり息子&90歳過ぎの姑と四人で静かに暮らす緋田夫婦。ある日突然、破産した長女一家と離婚した次女が戻ってきて、四世代八人の大所帯に！　騒動続きの毎日が……。

集英社文庫

東京観光《とうきょうかんこう》

2014年8月25日　第1刷　　定価はカバーに表示してあります。

著　者　中島京子《なかじまきょうこ》

発行者　加藤　潤

発行所　株式会社 集英社
東京都千代田区一ツ橋2-5-10　〒101-8050
電話　03-3230-6095（編集部）
03-3230-6393（販売部）
03-3230-6080（読者係）

印　刷　大日本印刷株式会社

製　本　ナショナル製本協同組合

フォーマットデザイン　アリヤマデザインストア　　マークデザイン　居山浩二


ISBN978-4-08-745217-4 C0193